聖女になるので二度目の人生は勝手にさせてもらいます

～王太子は、前世で私を振った恋人でした～

キーファ
前世のユージンから生まれ変わった、アストリア国の王太子。
ユージン
セシル
ロイド
神殿の上級神官。リズの力を見いだし、聖女候補として推薦する。
リズ
前世のセシルから生まれ変わった平民の女性。天啓のような不思議な力を持つ。

エミリア
カーフェン男爵家令嬢。
アイグナー公爵
グレースの父。グレースとキーファを婚約させようともくろむ。
ナタリー
聖女候補の一人。
グレースの取り巻き。
グレース
聖女候補の一人。
アイグナー公爵家令嬢。
クレア
聖女候補の一人。
平民の出自。
Characters
登場人物

目次

プロローグ　前世の記憶

不幸は突然やってきた。

王都の外れにある古い集合住宅の一室。貧乏ながらも恋人のユージンと幸せに暮らすセシルの許《もと》に、名門ハワード家の使いだと名乗る者があらわれたのだ。

「ハワード家の跡継ぎ？　俺が？」

あっけにとられるセシルの隣で、ユージンがぼう然となっている。無理もない。生まれてこのかたずっと平民だったのに、突然「あなたは実は貴族です」なんて言われたのだから。

使いの者が、うやうやしくうなずいた。

「はい。ユージン様は確かにハワード家の現当主のご子息です。ユージン様の母親は――十年以上前に亡くなったそうですが――当時ハワード家のメイドをしており、現当主の子供を妊娠中に行方をくらませてしまったのですよ」

聞けばハワード家にはユージンと同じ年の一人息子がいたが、半年前に病死してしまったという。そのため、代わりにユージンを正式な跡継ぎとして迎えたいという事だった。

目の前で繰り広げられる夢物語のような現実に、セシルは息苦しいほどの不安が込み上げてきて、見慣れたユージンの粗末なシャツのすそをぎゅうっと握りしめた。

ユージンがハワード家の跡継ぎになってしまったら、平民のセシルとは一緒にはいられないだろう。結婚の約束もしていたのに。

思い描いていた未来がガラガラと音をたてて崩れていくようで、目まいがした。

「とりあえずハワード家へ行ってみるよ」

使いの者が去った後、ユージンがぽつりと言った。

セシルは胸が一杯で答えられなかった。

ユージンは口には出さなかったが自分の父親がどこの誰なのか、ずっと知りたがっていた。それが、やっと判明したのだ。跡継ぎになるかどうかは別としても、実の家族に会える機会が訪れた。

ユージンのためには喜ぶべき事だ。

それなのに、ちっとも喜べない。むしろ嫌だ。本当に嫌だ。自分は捨てられてしまうのだろうか。

ユージンを失ったら生きていけない。

「ちゃんと帰ってくるよね……？」

絶望のふちですがりつくようなセシルの心を読み取ったのか、ユージンは笑って安心させるようにセシルを強く抱きしめた。

「父親の顔を見てみたいだけだ。大丈夫、すぐに帰るから。戻ってきたら結婚の誓いの指輪を贈るよ。資金がようやく貯まったんだ。セシルの目の色と同じ、青色の石がついた指輪をね」

翌朝、祈るような気持ちでセシルはユージンを送り出した。ユージンはいつもと変わらない笑みを浮かべていた。

　気を抜くと悪い方へ悪い方へと考えてしまう自分を奮い立たせて、セシルは頑張って、いつもと変わらない毎日を過ごした。朝ご飯を食べて、仕事に行って、掃除をして、夕ご飯を食べて。ひたすらユージンの帰りを待った。


　けれど、いくら待ってもユージンは戻ってこなかった。

　三十日が経過した頃、セシルは意を決して、ハワード家へ行ってみた。

　そこでハワード家の執事から、ユージンがハワード家の正式な跡継ぎになった事、そして何より同じ貴族であるグルド家の令嬢と近々結婚する事を聞いたのだ。

　すでに周知の事実で、当人たちもとても乗り気だと。

（嘘よ……）

　頭を固いもので殴られたような衝撃だった。

　信じられない。そんなの信じたくない。

　うっとうしさを隠そうともしない表情の執事に、セシルは詰め寄った。

「一度でいいんです、ユージンに会わせて下さい。少しでいいんです！」

「たかが平民ふぜいが次期当主のユージン様に会えるわけがないだろう」

「私はユージンの恋人です！　結婚の約束もしていました！」

「何を馬鹿な事を！　ユージン様はグルド家のご令嬢と結婚なさるんだ」

「だから、お願いですから一度会わせて！」

玄関先で押し問答していると、

「嫌ねえ。何事なの？」

流行のシルクのドレスとおそろいの帽子をかぶった若い女性が眉《まゆ》をひそめていた。

「これはグルド家のお嬢様！」

セシルの時とは打って変わった態度の執事が慌《あわ》てて深い礼をした。

（グルド家の令嬢……この人がユージンの結婚相手⁉）

セシルは息を呑《の》み、そして唇を噛みしめた。令嬢と自分との違いが一目でわかったからだ。

身に着けているのは最先端のドレス、日焼けなどした事もないような白くなめらかな肌と手。

セシルもハワード家へ行くのだからと、持っている中で一番いいワンピースを着てきたが、令嬢のドレスの前ではボロ同然だ。そして自分の日焼けした頬と水仕事でガサガサになった両手。

何もかもが違う。

存在する世界が違うとよく言われるけれど、その通りだ。残酷なまでに見せつけられた、平民と貴族という自分たちをへだてる深い深い溝に目の前が真っ暗になりそうだった。

令嬢がさげすむような目でセシルを見た。

「どういう事？　なぜ下働きが正面玄関にいるのかしら？」

お前にふさわしいのは裏口でしょう、と暗に言われている。

「申し訳ありません、お嬢様！　すぐに追い出しますので！」と執事が乱暴にセシルの肩に手をかけて、外へと引きずり出そうとする。

嫌だ。このまま帰ったら二度とユージンに会えない。

セシルは泣きそうになるのを必死でこらえて声を張り上げた。

「待ってください！　一度でいいんです、ユージンに会わせて！」

「ユージン？」

令嬢がゆっくりとまばたきしてセシルを見すえた。冷たい目だ。同じ生き物と思っていないような。

セシルは自分を奮い立たせて令嬢を見返し、そして気付いた。

「その指輪……」

令嬢の右手の薬指には、大きな青い宝石のついた金の指輪が光っていた。

このアストリア国では女性が右手の薬指につけるのは、親しい男性からの贈り物の時だけだ。

ユージンと結婚予定の令嬢が、ユージン以外の男性から贈られたものを身につけるはずがない。

顔をゆがめて恐る恐る視線を上げれば、令嬢の目もセシルと同じ青い色だった。

がく然とした。

ユージンだ。これはユージンが贈った指輪だ。

「……あなた、もしかしてユージン様が平民だった頃に一緒に暮らしていたという女なの？」

令嬢が驚いたように目を見開いた。そして今にも崩れ落ちそうなセシルを前に、勝ち誇ったような顔をした。

「残念だけどユージン様は私と結婚するのよ。平民のあなたとは、もう住む世界が違うの。――それにしてもユージン様の言っていた事は本当だったのね」

「ユージンが言っていた事……？」

すがりつくような顔をしていたと思う。実際セシルには他にすがるものはなかったのだから。ユージンの心にまだ少しでも自分がいる事を確かめたかった。

けれど令嬢の言葉は非情なものだった。

「ええ。平民だった時の恋人が――あなたの事よね――何か勘違いをして、自分に会いに来るかもしれない、って。本来なら関わり合いにならない身分だったのに。全ては間違いだった、二度とあなたには関わりたくない、ってね」

地の底まで打ちのめされたセシルに、令嬢が薄く笑った。

「そうそう。手切れ金なら少しは用意する、とも言っていたわ」

どこをどうやって帰って来たのかわからない。気が付いたら部屋にいた。泣いて泣いて泣いたところで、タチの悪い流行風邪にかかったセシルはあっという間に寝込んでしまった。

ショックで気力がなくなっていたのも原因だろう。

失意のうちにセシルは死んだ。十八歳という若さで。


――というのがリズの前世である。

セシルの死からおよそ五百年が経《た》ち、同じアストリア国内にセシルは「リズ・ステファン」として生まれ変わった。

前世の記憶を残したまま。

（我ながら、ふざけた人生を送ったものだわ）

前世を思い出すたびにリズは心の中で悪態をつく。

自分が貴族だとわかった途端に、あっさりと恋人を捨てるような、しかも姿を見せて釈明する事もなく黙って逃げたような男。そんな男をひたすら想い続けて一人きりで病気で死んだなんて、後悔しかない。何てもったいない人生にしてしまったんだろう。

だから心に決めていた。

（今世は絶対に自由にたくましく、自分の思う通りに生きてやるんだ！）

1　今世の決意

アストリア国北西部にある小さな村。

リズはつる植物で編んだカゴを抱えて歩いていた。中には摘みたての木イチゴがたくさん入っている。

前世の記憶を持ったままこの村で生まれ、育ち、リズは十七歳になった。

身分は何と王族！　――ではなく前世と同じ平民だ。幼い頃に父親を、そして昨年母親を病気で亡くしたが、伯母《おば》家族が近くにいるため何とか平和に暮らしている。

家へと向かっていると、村人の一人が声をかけてきた。

「あら、リズじゃない。カゴに入ってるのは木イチゴ？　そんなにたくさん、すごいわね。どこで見つけたの？」

「集会所の裏のブナ林よ。少し入ったところの茂みの中」

「相変わらず見つけるのが上手ねえ」

村人は感心したように何度もうなずいた。

リズは生まれつき勘が良かった。まるで天啓《てんけい》かお告げのように、ふとひらめくのだ。

今朝《けさ》も起きて朝食を食べている時に、ふと思った。ブナ林の茂みに木イチゴがたくさん実っていそうだ、と。

「虫の知らせ？　それとも第六感というやつかしらね」と、亡くなった母親はあきれたように笑ったものだ。

小さい頃から、こうやって誰も知らない場所から果物や木の実を採ってきたり、村人たちの失くしたものがどこにあるか言い当てたりした。だから村の人たちはリズの事を不思議な、ちょっと変わった少女だと思っている。

それは何事かひらめくと途端に走りだしたり、地面に穴を掘り始めたりする奇抜な行動のせいもあるし、「アルビノ」と呼ばれるリズの真っ白な髪と深みのある赤い目、透きとおるような白い肌といった、めずらしい外見のせいもあるのかもしれない。

（帰ったら、さっそく木イチゴのジャムを作ろう）

カゴを両手で抱え直して、ほくほくと家へ急ぐ。

その通り道の小高い丘の上に、領主であるカーフェン男爵の屋敷があった。門の中には、見た事のない大きくて立派な馬車が停まっている。

リズは思わず立ち止まった。

（そういえば王宮――神殿からの使いが、カーフェン男爵の娘のエミリア様を迎えに来ると、みんながうわさしていたっけ）

次期聖女候補者として、である。

村のみんなは騒いでいたけれどリズは興味がない。

足早に過ぎ去ろうとした時、門の中から声をかけられた。

「ねえ、そこの君。ちょっといいかな？」

二十代半《なか》ばくらいの青年だった。漆黒《しっこく》の髪と目、品の良さそうな顔立ちと均整のとれた体に白いシャツがよく似合っている。この辺りでは見た事がないから、神殿からの使いの一人なのだろう。

「何ですか？」

「おかしな事を聞くけど、銀色の小さな鍵を知らないかな？　ずっと探しているけど見つからなくて」

たった今、会ったばかりのリズが知るわけがない。

あきれたが、青年もそんな事は承知の上でリズに聞いたようだった。溺《おぼ》れる者はわらをもつかむというやつか。心底、困っているようだ。よほど大事な鍵らしい。

年下のリズ相手にシュンと肩を落として、情けなさそうな顔をしている青年があまりに哀れで、気付くと口を開いていた。

「わかりました。ちょっと待ってください」

乗りかかった船である。リズはカゴを地面に置いて、大きく深呼吸した。

「勘」はお告げのように突然ひらめく時もあるけれど、意識を集中させて見える時もあるのだ。

ゆっくりと目を閉じる。

鳥の鳴き声と、木々が風にざわめく音が聞こえてくる。

どこからか湿りけを含んだ風が吹いてきた。リズの肩の上で切りそろえられた白い髪が巻き上がる。

白い小さな花びらが、ひらひらと周りを舞い、透けるような白い頬をかすめていった。

まるで、そこだけ現実でないような、神がかったような光景に、青年は言葉もなくぼう然と見入っている。

(鍵……黄色いひも……これは客間？　ベッドの下……)

夢から覚めたようにゆっくり目を開けた。深い光を放つ赤い目で青年をまっすぐ見すえると、青年はけおされたように後ろに一歩下がった。

「黄色いひもがついた銀色の鍵ですよね？　カーフェン様のお屋敷の客間、右側のベッドの下にありますよ。そんな気がします」

リズの言葉に青年は驚愕《きょうがく》の表情になった。

「どうして、わかるんだ⁉　しかも、ひもの事まで……」

「勘です」

「勘⁉」

「はい」

絶句する青年に、

「それじゃあ、これで。失礼します」

リズは軽く頭を下げると、カゴを抱えて再び家へと歩き出した。


翌朝、リズは昨日の青年に、カーフェン男爵の屋敷へ来るようにと使いの者を通して呼び出された。それだけでもびっくりなのに、通されたのは裏口の土間ではなく客人用の居間だった。

カーフェン家になんて足を踏み入れた事もないし、前世が前世だったため、貴族も、貴族の屋敷も苦手だった。前世での一連の出来事があざやかに思い出されて気持ち悪くなる。早くここから出たい。

扉の前で固まったように両手を握りしめているリズに、昨日の青年——ロイドが座っているソファーから身を乗り出して尋ねてきた。

「探していた鍵だけど、本当にベッドの下にあったよ。どうして、わかったんだ?」

「勘です」

昨日と同じ言葉を繰り返す。ロイドが納得できないというように顔をしかめたが、リズだって他に答えようがない。

隙あらば部屋を出て行こうとしているリズに、ロイドがソファーのひじ掛けに頬づえをつきながら首をかしげた。

「不思議だ。魔力……というわけじゃないよな、アルビノだし」

この世界では魔力を持つ者はその力の大小にかかわらず、必ず黒い髪と黒い目を持って生まれてくる。だから生まれた瞬間に、魔力を持っているかどうかがわかるのだ。

しかしリズは黒とは真逆の、白い髪に赤い目である。魔力持ちでない事は一目でわかる。

ロイドが言った。

「国が次期、聖女候補者を捜《さが》しているんだ。知っているだろう?」

リズはうなずいた。

アストリア国を聖なる力で守る聖女。王宮の奥深くにある神殿にこもっていて滅多《めった》に姿を見せないが、現聖女はかなりの年齢だと聞いた。

「それで国は、僕たち神官を使って次の聖女候補者を捜している。そして神殿に集められた候補者たちの中から次の聖女が選ばれるんだ」

もう一度うなずいたが、なぜ自分にこんな事を話すのかわからない。

聖女になる条件は魔力持ちである事だ。

つまり黒髪に黒目、それが絶対で最低条件である。

このカーフェン家の令嬢エミリアも黒髪黒目の魔力持ちで、だからこそ神官であるロイドたちはエミリアを迎えに来た。

どう考えてもリズには関係のない話だ。

リズは村の特産品である草木染めの織物で生計をたてている。今取りかかっている織物の納品日が近いから早く帰りたいのに。

ちょっとイライラしてきたリズを、神官ロイドが真剣な顔で見すえた。

「本題だが、君を神殿へ連れて行きたい。聖女候補者としてね」

「は？」

「確かに魔力持ちではないから最低条件も満たしてはいないんだが——君には何かあるよ。何か特別な力が。うん、あると思う」

何をわけのわからない事を言ってるんだ。アルビノのリズが、聖女からは一番遠い存在だと子供でもわかるのに。

リズはため息をついた。

「帰ってもいいで——」

「僕たち神官は現聖女様、ひいては国王から命を受けて、ここに来ている。だから僕の言葉や行動は、いわば王命だ。そこのところ、よろしく」

神官ロイドが明るく笑った。

何が、よろしくだ。人を脅しておいて本当に聖なる神官なのか、と心の中で悪態をつき、ふと気付いた。

「――つまり私とエミリア様の二人を、聖女候補者として神殿に連れて行くって事ですか?」

「いや、君だけだ。エミリア嬢は確かに少しは魔力を持っているが、僕が確かめたところ、とてもそこまでの素質はなかったよ。残念だけどね」

嫌な予感がした。とても嫌な予感が。

エミリアは貴族の令嬢らしく、とてもプライドが高い女性だからだ。

その予感は当たった。

さらに翌日、リズは再びカーフェン家に呼び出された。というより無理やり連れて行かれたのだ。

神官ロイドの鍵を盗んだという罪で。

しかも、リズが盗むところをエミリアが目撃したという事だった。

◆◆◆◆

リズはカーフェン家の使用人になかば引きずられるように、屋敷へと連れて行かれた。そして昨日と同じ居間の床に、乱暴に頭を押さえつけられた。

「放してよ！」

「おとなしくしろ！」

もがきながら何とか顔を上げると、カーフェン男爵と娘のエミリア、そして傍観者のような態度でソファーでくつろぐ神官ロイドが見えた。

男爵が汚いものを見るように顔をゆがめた。

「リズ・ステファン。お前は、神殿からいらしたロイド様の大切な銀の鍵を盗んだそうだな」

「いいえ、そんな事はしておりません！」

「嘘をつくな！　娘のエミリアが昨日の朝早く、屋敷内の客間の辺りをお前がうろついているのを見たと言っている」

（嘘だ！　どうして？）

信じられない気持ちでエミリアに目をやると、エミリアは素早く顔をそむけた。けれど、そむける直前に口角が上がっているのが、下から見上げていたリズにははっきりと見えた。

（笑ってる……）

がく然とした。

あまりのショックに言葉の出ないリズの前で、エミリアが神官ロイドに向かって、神妙に訴え始めた。

「ロイド様、私はこのリズがロイド様の鍵を盗むところを、確かにこの目で見たのです。最初はリズが盗んだものは我がカーフェン家の何かだと思っておりました。領民の犯した事ですから、後でこっそりとお父様に相談しよう、そう思っておりました。

けれどリズが盗んだものはロイド様の鍵だったのです。どうして鍵なんて盗むのか疑問でしたが、昨夜ロイド様が私ではなくリズを聖女候補者として王宮に連れて行くと言った時に、わかりました。リズは自作自演のために鍵を盗んだのだと」

リズは驚愕して目を見開いた。

エミリアはこう言っているのだ。


リズは神官ロイドの鍵を盗んでリズ自身で客間のベッドの下に隠し、それをさも「勘」という不思議な力で見つけたように装った。

エミリアではなくリズこそが聖女候補者だと、神官ロイドをだますために。


血の気が引く思いがした。

だって確かにエミリアの言う事の方が筋が通っている。

神官ロイドからしたら「魔力持ちでもないリズが『勘』で鍵を見つけました」よりも「リズが自分で鍵を盗んで隠し、見つけたように装いました」の方がはるかに納得できるだろう。

しかも貴族令嬢のエミリアが盗むところを目撃した、と証言しているのだ。最強だ。

平民のリズと貴族のエミリア。神官ロイドがどちらの言い分を信用するか、なんて考えるまでもない。

(……やられた!)

ロイドの視線が突き刺さる。リズは唇を噛みしめた。

プライドの高いエミリアの事だ。自分ではなくリズが聖女候補者に選ばれた事が、どうしても許せなかったのだろう。

その気持ちはわかる。聖女候補者はエミリアだと村人全員が思っていたし、エミリア自身もそう信じていたに違いない。それが違ったとなったら、確かにショックだ。屈辱だろう。

(でも……)

でも、この嘘はない。絶対に、ついてはいけない嘘だ。

身分が違うのだ。平民であるリズが神殿の使いである神官をだましたなんて、確実に死刑になる。

エミリアはリズが殺されてもいいのだろうか。

——構わないのだろう。その証拠に、さっき笑っていたじゃないか。

リズの命よりも、エミリアのプライドの方が上なのだ。エミリアはそう思っている。それは貴族だからか——。

悲しみのような怒りのような感情が、のど元まで込み上げてきた。リズはうつむき、ギリギリと歯を食いしばった。

（今世は自由に、好きなように生きると決めたのに……）

豪華なドレスをまとい、勝ち誇ったような顔で見下ろしてくるエミリアが、前世での貴族令嬢と重なる。

「手切れ金なら用意する」と当たり前のように言い放った、あの令嬢に。前世のセシルが欲しかったのは、お金なんかじゃない。

ただ対等に話をして欲しかっただけだ。

身分が違うなんてわかっている。普段はそんな事、望まない。でも命や人生や、そういうお金で買えない大事なものが関わっている時だけは、誠実でいて欲しかった。高みから見下ろすのではなく、同じ場所に立って話をして欲しかった。

それは、そんなに高望みな事なんだろうか――。

途方もない悔しさが全身にあふれてきた。

これでは前世と同じじゃないか。どこへいっても身分の差が邪魔をする。

（欲しい。身分なんかに負けないものが。自由に、自分らしく生きていけるものが……！）

はじけるような思いが体中に充満した。リズの赤い目が燃えるような勢いで輝き始める。

「ちょっと……何よ……」

圧倒されたようにエミリアが後ずさった。

途方もない威圧感、決して認めたくないのに体が震えて止まらない、といったように。

エミリアは助けを求めるように視線をさまよわせて、扉の前にいる使用人に向かって叫んだ。

「何とかして！　早くリズを押さえなさい！」

その様子を黙って眺《なが》めていた神官ロイドが小さく微笑《ほほえ》んだ。

何かを確信した笑みで、エミリアに話しかける。

「リズが僕の鍵を盗むところを、エミリア嬢は目撃した。確かかな？」

「え、ええ、もちろん。どこでだって証言してみせますわ。私は確かに見たんですから！」

リズなんかに怯《おび》えてしまった自分を叱るように、エミリアが声を張り上げた。

「そうか」

神官ロイドは小さく息を吐き、そして小さな鍵を取り出した。例の鍵だ。

確かに黄色いひものついた銀の鍵だった。リズの脳裏に見えたとおりの。

神官ロイドはリズとエミリア、そして男爵を見回して静かに聞いた。

「僕の手に何か見える？」

「何かって……」

鍵でしょう、とリズが言おうとしたところで、男爵が「何もありませんが」と困惑気味につぶやいた。

（え、何を言ってるの？）

わけがわからず目を見張るリズの前で、神官ロイドは今度はエミリアに質問した。

「僕は何を持っている？　実は、一昨日このカーフェン家に着いてあいさつした時にも、同じような事をしたんだけどね」

「……ふざけておられるのですか。ロイド様は何も持っておりません。一昨日も、そして今も」

エミリアがきっぱりと言い放つ。からかうなと怒るように。

最後に、ぼう然としているリズに向き合うと、神官ロイドは楽しそうに笑った。

「さて、リズには何が見えるかな？」

「……鍵です」

「ふざけないでください！」

エミリアが怒りで顔を真っ赤にしながら叫んだ。

「その通りですな。こんな茶番は今すぐやめていただきたい」

男爵も怒りをあらわにしている。

なぜかはわからないが、二人にはこの鍵が見えないのだ。

ロイドは眉も動かさず、二人の前に鍵をのせた手のひらを差し出した。

「さわってみなよ。だまされたと思って」

エミリアたちはいぶかしげに顔を見合わせて、それでも神官の言葉は無視できないのか、渋々といった感じで手を伸ばした。

「……何なの、これ⁉　何もないはずなのに！」

「どうして指に感触があるんだ？　これは──鍵か⁉」

二人が驚愕の声をあげる。リズにはただ鍵をさわって驚いているようにしか見えないけれど。

神官ロイドが苦笑した。

「現聖女様から預かった鍵だよ。聖なる力で守られているから、聖女の素質を持つ者にしか見えない。もちろん神官である僕にさえね。おととい客間で、鍵ごとカバンの中身をぶちまけてしまった時には焦《あせ》ったよ。何しろ見えないからさ。だから──」

一転してロイドの軽蔑するような冷たい視線が、エミリアに突き刺さった。

「だから、盗むところを目撃できたはずはないんだよ」

最初から嘘だとばれていたのだ。

一瞬で青ざめたエミリアが、屈辱と怖れに体を震わせ始めた。

「君には聖女の素質はないよ。資格もない。確かめるまでもなかった」

たたみかけるように言うと、男爵に視線を移した。

「わかっていると思うが、この事は上に報告する。聖女候補者に起こった事すべてに報告義務があるんでね」

男爵も一瞬で青ざめた。

カーフェン家は爵位と領地を取り上げられるだろう。そしてエミリアは捕まり、罪に問われる。本物の聖女候補を陥《おとしい》れようとしたのだ、行った事が全て白日の下《もと》にさらされ、皆に好奇の目で見られる。それはプライドの高いエミリアにとって、これ以上ない程の屈辱だ。

「そんな……嘘よ……」

エミリアが魂の抜けたように、その場にへたり込んだ。


（終わったんだ……）

押さえつけられていたせいで痛む肩を、ぼう然となでるリズの前へと、神官ロイドが進み出てきた。リズの手のひらに鍵をのせる。

「どうぞ。これは君の物だ」

途端に鍵がほのかに光を放った。白くやわらかい光はリズの手を優しく包みこむ。

微笑むリズの前で、ロイドが静かに床に片膝をついた。このアストリア国に伝わる忠誠の証《あかし》だ。

そして呆気《あっけ》にとられるリズを見上げて、おだやかに微笑んだ。

「神殿へご案内いたします。次期聖女候補、リズ・ステファン様」

2　五百年越しの「再会」

馬車はリズと神官ロイドを乗せて、王宮の奥にある神殿へと向かっていた。

他の使いの者たち――神官補佐と護衛の者は御者台《ぎょしゃ》にいるので、広々とした車内にはリズとロイドの二人きりだ。

向かい合って座るロイドが笑顔で口を開いた。

「さて、何か質問ある？」

もちろんだ。

けれどリズが口を開くより先に、言われなくてもわかっているというようにロイドが話し出した。

「聖女とはどういうものか、だろう？　こんな田舎《いなか》じゃあ、現聖女様の姿を見る事もないだろうからね。普段は王宮の奥にある神殿におられるよ。僕たち神官をたばね、自身の持つ多大な聖なる力で、この国の祭司《さいし》や儀式を司《つかさど》っている。

国民の信仰の対象、というよりは心の安寧《あんねい》の対象になっているといった方が近いかな。精神的なよりどころというか。まあ詳しい事は追い追い話すけど、そうやって国全体に多大な影響力をおよぼす役職だからこそ、人柄や素質なども厳しい選定を行って、代々、次の聖女を決めているんだ。変な女では困るからね」

「あの――」

「神殿はもちろん国王の支配下にあるけど、他の機関と違って、ある程度独立した権限を与えられている。国王からしても、国民に慕われている聖女が自分の支配下にある、とアピールできるしね。両方に都合がいいんだよ。

あと聖女候補者についてだけど、聖なる力の片鱗《へんりん》は昔から、魔力持ちの女性たちの中に表れてきた。数は少ないけどね。だから現聖女様も魔力持ちだし、前聖女様もその前の方も、もちろんそうだ。だから候補者の最低条件が魔力持ちである事なんだけど――」

ロイドがリズの髪と目を見て、やっぱり不思議だというように首をかしげる。

リズはやっとロイドの言葉が途切れたので、ここぞとばかりに口を開いた。

「いえ、一番に聞きたい事はそうではなくて」

ロイドが驚いたように目を見開いた。

「ロイド――さんは、私が鍵を盗んだというエミリア様の言葉が嘘だと、最初からわかっていたわけですよね?　どうしてあの場で、すぐに言ってくれなかったんですか?」

リズがカーフェン家に連れて行かれた時に男爵たちに教えてくれていれば、使用人に無理やり床に頭を押し付けられたり、肩をつかまれたりしなかったのに。

「うーん……」とロイドが考え込む。

「おもしろそうだったから、かな。罪を着せられたリズと、嘘をついたエミリア嬢がどうするのか見てみたかった」

最低だ。

軽蔑の目を向けるリズを、笑みを消したロイドが真剣な顔でまっすぐ見つめてきた。

「それに僕が無理やり神殿へ連れて行っても意味ないだろう。君が自分で、聖女候補者として神殿へ行こうと決心しないとね」

確かにあの時、身分とか地位とかそういうものに負けない、どんな状況でも自分らしく生きられる何かが欲しいと強く思った。明確に聖女になりたいと思ったわけではないが、今のリズにとって一番近い道である気はしている。

最低な男ではあるけれど色々と考えていたのか。ちょっとだけロイドを見直したところで、ロイドが笑って言った。

「まあでも、おもしろそうだったからっていうのも、もちろんあるよ」

やっぱり最低だ。

「他に質問は？」

「ありません」

「ないの⁉　神殿の事とか他の聖女候補者たちについてだとか、色々あるだろう？」

「いえ別に」

「本当にないんだ⁉」

連れて行く候補者を間違えたかな、とロイドがぶつぶつ言っている。無視していると御者台から大きな声が聞こえてきた

「ただ今、王都内に入りました！」

リズは急いで小さな窓を開けて外をのぞいた。

五百年ぶりの王都である。転生してからは一度も訪れた事はなかった。前世、この王都の外れでリズ――セシルは恋人だったユージンと暮らしていたのだ。

正直、なつかしさよりは心の痛みの方が大きかったけれど、それでも見ずにはいられない。

幸いにして場所も違うし五百年も経っているせいか、見覚えのある景色はどこにもなかった。安心して大きく息を吐く。もし見覚えのあるものが少しでもあれば、きっと冷静ではいられなかっただろう。

車内の革張りの座面に座り直したところで、ロイドが不思議そうに聞いてきた。

「神殿にも聖女候補者にも興味はないけど、王都の景色には興味があるのか？」

ロイドの存在を忘れていた。

「まあ、そうです」

「ふーん。……わかった。キーファ王太子殿下を捜してるんだろ？」

「は？」

「ごまかさなくてもいいよ。殿下がたまに王都内を視察しているって、もっぱらのうわさだもんな。なるほどね」

何が、なるほどだ。ニヤニヤと笑うロイドに、ちょっとイラッとする。

「リズも殿下のファンなのか。わかるよ、王都内の若い女性はみんなキーファ殿下に夢中だからね。美形だし、有能だし、誠実そうだし。まだ十九歳だっけ」

リズだってキーファ王太子のうわさくらい聞いた事がある。


キーファ・クリス・アストリア。このアストリア国の第一王子で、焦げ茶色の髪と目、誰もが振り返るほどの端整な顔立ちと細身だが筋肉質の体を持つ。優しく聡明で剣の腕も確かだと評判だ。リズのいた地方の村でさえも女性たちがうわさしていたたし、街で売っている似顔絵を買って持っている子もいた。

しかしリズは特に興味はないし、ファンでもない。王太子なんて遠い世界にいる、関係のない人だ。


（それより――――）

目の前でまだニヤニヤ笑っているロイドに、ものすごく腹がたつ。

カーフェン家で最後に見せた、あの忠誠心あふれる態度は何だったんだ。幻か。心の中でぼやくリズたちを乗せて、馬車は王都内を疾走《しっそう》した。

神殿は王宮の、政務や謁見《えっけん》などを行う朝廷部分と王族の住まいである宮廷部分の、さらに奥にある。

周壁《しゅうへき》に囲まれた神殿を目の前にして、リズはただただ圧倒された。広い。街一個分はあるんじゃないか。

参道から続く第一塔門《とうもん》、そして第二塔門を抜けると、室内に細かな細工がほどこされた柱が何十本、何百本と立ち並ぶ。それが天井に向かってそびえ立つ光景は圧巻だった。見上げていたら頭がクラクラしそうだ。

そこから大きな池のある中庭を抜けて、やっと聖女候補たちがいる第二神殿へたどり着いた。

現聖女がいる第一神殿はまだ先、第九まである塔門を抜けてからだというから驚きだ。というより、その広さにリズはあきれた。

精巧な浮き彫りの壁でおおわれた第二神殿の広間には、フードのついた足首まである長いローブを身にまとった神官たちが、せわしく立ち働いている。

そこへロイドが声を張り上げた。

「連れて参りました。聖女候補者のリズ・ステファンです！」

振り向いた神官たちが、ロイドの隣にいるリズを見て一斉にぽかんとなった。あり得ないものを見たように。

しばらくしてハッと我に返ったようになり、怒り出した。

「ロイド、ふざけているのか？　その娘はアルビノじゃないか！」

「確かに見た目はアルビノですが、ちゃんと聖女候補者ですよ。例の鍵も見えましたし」

「本当か？　お前の言う事は信用ならん！」

信用されていないらしいロイドは、年老いた神官たちに詰め寄られている。

リズは広間内を見回した。

奥にいる女性たちは聖女候補者たちだろう。みなリズに注目している。年齢も体つきも服装も色々だし、迷惑そうな顔や興味深そうな顔など様々だけれど、共通しているのは皆、黒髪に黒目だという事だ。

真っ白の髪に赤い目のリズは明らかに浮いていた。

「どういう事？　あの子も聖女候補者だというの？」

「まさか！　だって魔力持ちじゃないわよ。おかしいじゃない」

「冷やかしに来たってわけ？」

チラチラと視線をよこしながらヒソヒソと言い合っている。予想はしていたが嫌な感じだ。前途多難な予感がしてリズは顔をしかめた。

女性たちの小さいが突き刺さる様な声と、神官たちの不信感あふれる声が合わさって空気がよどむ。重苦しい不快な空間に変わっていく。

不意に広間の扉が開いた。

その瞬間、室内の空気が一変した気がした。清涼な風が吹き込んできてホッと息がつける、そんな感じだ。

「ちょっと、キーファ殿下よ！」

「素敵ねえ。ほれぼれしちゃう！」

女性たちが打って変わって華やかな声を出す。

側近と一緒に広間に入ってきたのは、このアストリア国の王太子キーファだった。

神官たちが急いで近寄って行った。

「これは殿下、わざわざお越しいただき申し訳ありません」

「いや、構わないよ。次期聖女の選定は国にとっても、とても大事な事だから」

快活に答える。うわさ通り、美形で聡明そうな青年だ。皆が騒ぐのもわかる。

しかし――。

（嘘⁉）

リズは心臓が飛び出すかと思った。それくらいの衝撃だった。

（ユージンだ……）

息をのんだ。

顔も体も前世のユージンとは違う。面影はこれっぽっちもない。けれどリズにはわかった。キーファ王太子はユージンだと。前世の恋人、その生まれ変わった姿だと。

（転生してたんだ。私と同じように）

同じ時代、同じ国に。五百年の時を超えて。これは運命だろうか。

目まいがした。力が抜けて膝《ひざ》から崩れ落ちそうになる。

その時、神官たちと笑顔で話をしていたキーファ王太子が、ふとこちらを向いた。

目が合う。

瞬間、キーファもまた驚愕したように大きく目を見開いた。存在し得ないものを見たように端整な顔が激しくゆがむ。

リズがセシルだと、前世の恋人だとわかったのだ。

「――キーファ殿下？　どうかなさいましたか？」

固まったように動かず、ひたすらリズを見つめ続けるキーファに、神官たちがいぶかしげな顔になる。

聖女候補者たちもざわめき始める中、リズとキーファは互いに互いから目が離せなかった。

見合ったまま、凍りついたように動かないリズとキーファ。

周囲のざわめきが大きくなる中、先に我に返ったのはキーファだった。

「……何でもない。大丈夫だ」

だが神官に答える言葉とは裏腹に、キーファの視線はリズに張りついたまま離れない。顔は青ざめ口元が震えている。明らかに様子がおかしい。

神官たちが顔を見合わせた。

「殿下、あのアルビノの娘とお知り合いで？」

「……いや。知らない娘だ」

それは嘘だろう、とその場にいた誰もが思ったはずだ。

いつも冷静で穏やかなキーファが、ともすれば取り乱すのを必死で抑えようとしているのは一目瞭然だからだ。

「ちょっと何なのよ、あの子。殿下とどういう関係なのよ？」

「何でもないに決まってる。だって、あの子の服装を見てよ。きっと平民よ。王太子様と平民が関係あるわけないじゃない」

「でも、あの殿下のご様子は……」

周囲の聖女候補たちのざわめきが、ますますひどくなる。

そんな中、リズも平静ではいられなかった。

(ユージンだ。ユージンだ……)

頭の中が真っ白で、それしか浮かんでこない。

実はユージンが転生していたら、とは考えた事があった。リズがこうやって生まれ変わったのだ。どこかでユージンも生まれ変わってるんじゃないか、と。

けれどそんな事はあり得ないと、そのたびに自分の考えを否定した。五百年前の話なのだ。また同じ時代、同じ場所に転生するなんてあり得ない。しかも――。

(まさかの王太子だなんて)

衝撃的すぎて笑ってしまいそうだ。

しかもキーファのあの驚きよう、前世のユージンとしての記憶があるのだ。リズの――セシルの事を覚えている。

(……!!)

色々な感情が一気にふき出してきそうで、リズは歯を食いしばり両手を強く握りしめて、ひたすら耐えた。

神官ロイドが驚いた顔を向けてきた。

「おいおい、殿下とどこで知り合ったんだよ? リズは王都に来た事がないんだろ? 殿下だって、あんな地方の小さな村に行った事があるなんて聞いた事ないし」

「今、初めて会いましたよ」

ロイドが納得できないと言うように大きく顔をしかめた。

リズは動揺を隠すように横を向いた。

前世とは違う、今世はたくましく生きるんだと決心したはずなのに、一瞬で落ち着きがなくなる自分が情けなくてたまらなかった。

やがてキーファがゆっくりと近付いてきた。

緊張しているのか、焦げ茶色の目が揺れている。それでも、ちゃんと話をしようと決心したような、そんな表情をしていた。

皆がかたずをのんで見守る中、キーファがリズに呼びかけようとして――困ったように眉を寄せた。


「――名前は何というんだ？」

知らないのか⁉　と、そこにいる誰もが思ったはずだ。

「――リズ・ステファンです」

「リズ。話がある。一緒に来て欲しい」

感情を抑えたような低い声だった。

ついてこようとした側近に中で待つように言ったキーファと、広間を出た廊下の突き当たりで向かい合った。

「セシル」

五百年ぶりに名前を呼ばれて全身が震えた。声は違えど、ユージンに呼ばれたのだと感じた。

心の奥底から言葉をしぼり出すようにキーファが続ける。

「久しぶりだな。……また会えるなんて思ってなかった」

リズは無言でうなずいた。

「君は、俺には会いたくなかったかもしれないが」

キーファが自嘲するような笑みを浮かべた。

リズは、はじかれたように顔を上げた。

やはりセシルは捨てられたのだ。わかりきっているつもりだったが「ユージン」自身に言われると改めてこたえた。

「……そうだね。会いたくなかったよ」

「だろうな」

それっきり沈黙が訪れた。心がうつろになりそうな、とても重い沈黙だった。

その沈黙を破ったのはまたしてもキーファだったが——続く言葉は、リズの予想のはるか斜め上をいくものだった。

「前世の事は水に流そう」

(はあ⁉)

「それが、お互いのためにいいと思う」

淡々と言うキーファに、リズはぼう然となるしかない。きわめつけは——

「昔の話だしな。今は、俺はキーファで君はリズだ」

(何よ、これ……？)

裏切られたのはリズの方なのに。キーファのこの「両成敗」発言、いや、何よりキーファこそが被害者だと言わんばかりのこの態度は何なのだ⁉

(……‼)

一瞬で怒りが沸点《ふってん》に達した。五百年分の怒りだ。すさまじいものがある。

普段のリズは比較的冷静であまり動じないタイプだが、この時ばかりは違った。

一言でいうと……キレていた。

「ふざけんな——っ‼」

渾身《こんしん》の叫びが静かな廊下に響いた。

「なぜ君が怒るんだ⁉」

理不尽だとでも言いたげにキーファも声を荒らげる。

「うるさい！　貴族の次は王族になって心底、腐ったようね！」

「何を言って――！」

「殿下、どうされましたか⁉」

二人の言い合いは、血相を変えて飛び出してきた側近と神官たちにより止められた。

キーファは王太子としての自分の立場を思い出したようで、声を荒らげた事を恥じるように顔をそむけた。それでもリズを一心に見つめる、その焦げ茶色の目には静かな怒りの色がある。

「おい、お前！　殿下に何をした⁉」

「別に何もしていませんよ」

詰め寄ってくる神官たちをふりほどき、リズは足を踏み鳴らしてその場を去った。

怒りがおさまらない。何て最悪な「再会」なんだ。怒りと一緒に悔し涙がこぼれた。

3　とても大事なもの

だいぶ日がかたむいてきた頃、リズは穴を掘っていた。農作業用の大きなショベルで、ひたすら地面に穴を掘る。

かたわらに立つ神官ロイドが腕組みをしながら聞いてきた。

「何が埋まってるんだっけ？」

「わかりません。でも良いものです。とても大事なもの。そんな気がします」

リズの「勘」である。

キーファの事で怒り心頭だった時に、ふと頭の中に浮かんだのだ。土の中に埋まっている何か。それは、とても大事なものであると。

見えた景色は神殿内、南東部にある小神殿と周壁の間の地中のようで。

掘るにあたって一応ロイドに確認すると、

「大丈夫、大丈夫」

実に軽く答えられ、顔を輝かせて案内してくれた。不安だ。

大きなショベルもすぐに用意してくれたが、聞くまでもなく一本だけだった。

「ここだろう？」と案内されてリズは驚いた。小神殿という名前の割に全く小さくない。つまり小神殿と周壁の間の地中というのは実に広かった。

（どこを掘ればいい？）

目を閉じてもう一度見ようとしたが、キーファの事で動揺が続いているせいか、ちっとも集中できない。頭の中に浮かんでくるものをつかもうとした途端に、消えてなくなってしまうような感じだった。

（……ダメだ。わからない）

もとより「勘」も万能ではないし外れる時もあったけれど、今ほどではない。やはりキーファの事で気が立っているんだろうな。そう考えると、キーファに対してますます腹がたった。

ショベルを持つ両手に力を込めて、手近な部分をせっせと掘り出す。着ているワンピースが土で汚れるが気にしない。

「あった？」

ロイドが身を乗り出してワクワクといった感じで聞いてくる。心待ちにしている割には見ているだけだ。ちょっとイラッとした。

「気になるなら手伝ってくださいよ」

「えー。手が汚れるから嫌」

何て人をイライラさせる神官なんだ。

ロイドといい、キーファといい、神殿で出会う人間にはろくなのがいない。込み上げてくる怒り

を力に換えて、リズはひたすら掘り続けた。

「神官長が戻ってきたら、聖女候補者たちに話があると言っていたよ。……あった？」

「それまでには終わらせます。……まだです」

建物と壁に囲まれている土地は年中、日かげだ。ゆえに土が固い。それほど深い場所には埋まっていないはずなのだが掘りにくい事このうえない。

「あった？」

「まだです」

何も出てこなかったので、当たりをつけて次へ移る。

「あった？」

「まだですって。他の神官たちは忙しそうに仕事をしていましたけど、ロイドさんは行かなくていいんですか？」

「うーん。いいんじゃない」

ロイドが他の神官たちから信用されていない理由がわかった気がする。

「リズはキーファ殿下と知り合いだったのか？」

「いいえ」

「でも、あの雰囲気はただ事じゃなかっただろう。二人で仲良く？　広間からも出て行ったし」

「――でも殿下は私の名前も知らなかったでしょう？」

「そういえば」と周壁にもたれながらうなずいたロイドは、ますます納得できない顔になった。

リズは掘り続けた。こうして掘るという単純作業を続けていれば、未《いま》だ続く動揺から少しは逃げられるような気がした。

ふと足音がして顔を上げると、神殿の雑務をする侍女がぽかんとした顔で立っていた。

「ロイド様？　聖女候補様も、こんな所で一体何をしているんですか？」

戸惑っている。必死で穴を掘る候補者と、その横で優雅に待つ神官を見たら、そりゃ戸惑うだろう。

ロイドが笑顔で答えた。

「ちょっと探し物をね。君こそ、こんな所でどうしたの？」

「私はこれを取りに来たんです」

侍女がそう言って、周壁沿いの地面に積み上げてあったワラの束をどけると、下から壺《つぼ》のふたが出てきた。地中に壺が埋まっていて、そのふただけが地表に見えている状態なのだ。

「「それ!?」」

思わず大声をあげたリズとロイドに、侍女は驚いたような顔をしたが、すぐに笑って言った。

「何だ、これを探していたんですか？　言ってくれればすぐに出しましたのに」

慣れた手つきで壺を地中から取り出す。重そうに見えるのに意外に力持ちだ。

出してしまえば片手で抱えられるくらいの大きさの壺だった。

「何が入ってるんだ⁉」

勢い込んで聞くロイドに、侍女が笑顔でふたを開けた。


その中身は――発酵させたナスビだった。

「土の中に埋めておくと、おいしく出来上がるんですよ。ここは一日中、日かげですし。罰当たりな事をしてるって言わないでくださいね。現聖女様の好物なんです。神官長様も知っておられますから」

「「……」」

リズとロイドは顔を見合わせた。

言葉にせずともお互いの顔に「徒労」と書いてあるのがわかる。

（いや待って。掘ったのは全部私だし、ロイドさんは見ていただけだよね）

「まあ『良いもの』には違いないけどさ」と、ぶつぶつ言うロイドの横で、リズはそんな事を思った。

（でも――）

リズは首をかしげた。本音では納得がいかない。

（おかしいな。そりゃ、はっきりとは見えなかったけど、食べ物とかそんな感じじゃなかった。とても大事なものだと思ったんだけど）

まあ、現聖女にしたら大事なものなのだろうが。好物なのだし。

「神官長様が戻られました！　広間に来てください！」

どうしても納得いかないリズだったが、神官の一人が呼びに来たので、渋々だがあきらめざるを得なかった。

「僕はショベルを返してから行くよ」

「お願いします」

ロイドを残し、リズは第二神殿内の広間へと向かった。


残ったロイドはショベルを持ち、ため息をついた。

「まさかのナスとはね。期待外れだな」

おもしろいものが見つかると思ったのに。

侍女が壺ごと持って行ったので、空洞になった土の底をショベルの先でツンツンとつついていると、

「あれ？」

小さく光るものがあった。

「何だ？」

腕まくりをして取り出すと——

「指輪？」

ずいぶんと古い。さびているし、明らかに安物だ。

構わず、着ているシャツのすそでぬぐうと、青い石のついた銀色の指輪だとわかった。

「まさか、これがリズの言っていた『良いもの』？」

ロイドは顔をしかめた。意味がわからない。

「おいロイド！　そんな所で何をしてるんだ、早く来ないか！」

第一塔門から続く渡り廊下に神官長とお付きの神官たちの姿があって、そのお付きの一人がロイドに向かって叫んでいた。

「今、行きます」

とりあえずショベルを壁にたてかけて、神官長の許へと向かった。

「全くお前は仕事もせずに何をやっているんだ！」

お付きの神官が怒る中、神官長がしわだらけの顔でロイドを見た。

「何か探し物か？　見つかったかね？」

「いえ、まあ。つまらないものですよ」

そう言って指輪を見せると、神官長が目を細めた。

「おや？　これは、なつかしい。キーファ殿下の物だな」

「殿下の？」

ロイドは目を見開いた。神官長がうなずく。

「ああ。見覚えがある。殿下が子供の頃、大事にしていた物だよ」

「へえ」

ロイドは、まじまじと手の中の指輪を見つめた。リズは何と言っていた？「良いもの」そして――。

「『とても大事なもの』ね……」

❖ ❖ ❖ ❖

リズが第二神殿内の広間へ足を踏み入れると、すでに聖女候補者たちが集まっていた。黒髪黒目の魔力持ちの女性ばかり、ざっと三十人ほど。

下は十歳くらいの少女から、上は孫がいそうな年齢の女性までと幅広い。格好もリズと同じような質素な服から、一目で上流貴族だとわかる豪奢《ごうしゃ》なドレスまで色々だ。

そんな中で、やはりリズは浮いていた。

「やっぱり、あのアルビノの子も候補者だったのね。絶対、間違いだと思ったのに」

「本当に、あの鍵が見えたのかしら？」

ひそひそと言われるのも想定内だ。平然と壁際に立っていると、ドレスを着た貴族令嬢らしき少女が近付いてきた。

「ねえ、あなた。来る場所を間違えているんじゃない？　ここは次期聖女候補者たちが集まる場所よ。お付きの使用人たちはこの広間には入れないの。外でお待ちなさいな」

リズはゆっくりと少女を見返した。

少女の表情を見れば、リズを本気で使用人だと間違えているのではなく、嫌味で言っているのが一目瞭然だ。

「ちょっと、やめなさいよ。この子、キーファ殿下と知り合いみたいだったじゃない。とがめられたらどうするのよ？」

他の候補者が不本意ながらという感じで止める。が、少女が勝気にそれを振り払った。

「知り合いなわけないわ。だって、さっき広間でキーファ殿下がこの娘と出て行って戻ってきた後、ひどく不機嫌だったじゃない。神官様たちがこの娘とどういう関係なのか聞いても『気のせいだった、あんな娘は知らない』と、吐き捨てるように言っておられたわ」

（ユージン――キーファはそんな事を言っていたんだ……）

冷水を浴びせかけられたように、リズは青ざめた。

その表情の変化を目ざとく感じ取ったのか、少女が満足そうに笑う。真実を突き付けられたリズが、ようやく自分の立場を正しく認識したと思ったのだろう。

だが、あいにくとリズはそんな事は元からわかっているし、そもそもショックで落ち込んでいたわけではない。

（あの王太子、自分の前世での行いを反省するならいざ知らず、何を偉そうに――――！）

体の底から、ふつふつと煮えたぎるような怒りが湧いてくる。

「それに魔力持ちでもない、候補者の資格もないくせに大きな顔してここにいるんだから、羞恥心や常識なんてないのよ。さすが平民ね。育ちがわかるというものだわ」

さげすむような口調だ。

リズの両親はすでに亡くなっている。貧乏だったが愛情を受けて育ったし、一人になった後も伯母家族や村人たちの助けも借りつつ、働きながらきちんと自分の力で生計を立ててきた。

それを、知りもしないこの少女にとやかく言われる覚えはない。

「だいたいあなた、魔力も持っていないのに、現聖女様の力が込められた鍵が見えたなんてあり得ないわ。本当に神官様があなたを認めてここへ連れて来たの？　あなたが神官様を脅したか、嘘をついたかじゃないの？」

まるでエミリアと同じことを言う。

リズは、少女を正面から見すえた。

「私は誰も脅していないし、嘘もついていない。魔力持ちじゃないのは事実だけど、確かに鍵が見えたの。言いがかりはやめて」

平民のリズに対等に口答えされた事が信じられないようで、少女の顔が屈辱で真っ赤に染まった。

この国は昔から王族、貴族、平民と身分階級がきっちり分かれている。昔はそれこそ貴族は好き勝手にふるまい、領民を使い捨てるかのように扱っていた。しかし今は法が整備され、そのような目に余る行為は罰せられる。

しかし未だ人々の中には、昔の考え方が根強く残っている。特に王都から遠く離れた地方の貴族などには。

いくら法が変わっても、人が変わらなければ、その法は無いに等しいのだ。

目に力を込めて見返すリズの前で、少女の体が屈辱に震えている。その時――

（……あれ？）

脳裏に浮かんだものがあった。

「ねえ、人の事を平民、平民とバカにしてるけど、あなたも貴族じゃないわよね？」

きれいなドレスを着て貴族のふりをしているけれど、少女は貴族と平民の中間にあたる、いわゆる準貴族だ。少女の父親が土地の所有者になり、平民から準貴族に格上げされたばかりの。

「何で……!?」

少女が目を剥《む》いた。

「どうしてわかるのよ⁉」

「何となく」

何となく、って何だよ⁉　と突っ込みたそうな顔で見つめてくる。それでも決して知り得ないことをリズに言い当てられ、今までとは違う、得体の知れないものを見るような表情に変わった。

「何なのよ、魔力持ちでもないのに……気味が悪いわ」

頬をゆがめて、少女はそそくさと去って行く。

リズは、やれやれと息を吐いた。

リズに好奇の目を向ける侯補者たちの集団から、なるべく離れたところで立っていると「あの」と、ためらいがちに声をかけられた。

顔を向けると、長い黒髪を一つに結び質素な巻きスカートをはいた、リズと同じ年くらいの女性がいた。

今度は何だ？　警戒心から身構える。

すると顔を真っ赤にした女性が、何度もつばを飲み込みながら勢い込んで言った。

「あの！　私はあなたの髪と目、とてもきれいだと思う！」

リズは呆気にとられた。

女性の顔は真剣そのものだ。思わず肩の力が抜けた。小さく「ありがとう」と返すと、女性が顔をくしゃくしゃにして笑った。その控えめながらも嬉しそうな笑顔に、心が軽くなった。

「実は私、アルビノの子を初めて見たの。周りにもいないから」

「うちの村でも私一人だけだった。近隣の村にもいなかったし」

「やっぱり、めずらしいのね。私は王都の外れのヨルディ地区から来たの。たいした魔力も持っていないのに、聖女候補だって言われて驚いたわ。あ、私、クレアよ。クレア・ハワード。よろしくね」

（ハワード⁉）

一瞬で前世の記憶が脳裏を駆けめぐった。

恋人ユージンが跡継ぎになった名門ハワード家。

でも、まさかだ。「ハワード」なんて他にもいるだろう。しかもクレアの服装は貴族じゃない、明らかに平民だ。けれど――。

リズは息をのみ、ゆっくりと言葉を押し出した。

「ねえ、変な事を聞くけど昔――五百年前に王都内にあったハワード家っていう貴族と、何か関係ある？」

クレアの黒い目が驚いたように、まん丸になった。

「どうして、わかったの？　確かに私の先祖は貴族だったらしいわ。二百年くらい前に没落して、今は平民だけど」

驚愕のあまり変な声が出そうで、リズは慌てて口元を押さえた。そして、まじまじと目の前のクレアを見つめた。

（この子、ユージンの子孫だ……）


リズの目の前で、クレアは邪気のない笑みを浮かべている。

（ユージンの子孫って事は、ユージンとあのグルド家のお嬢様の間にできた子供の……）

胸の中が締め付けられるように痛んだ。クレアの顔を見ていたくなくて思わず顔をそらす。

（前世の事は、もう過ぎた事だと思ったのに）

セシルとしての前世は終わって、リズとしての今世が、新しい時間が始まったと思ったのに。

（どこまでも前世が追いかけてくる——）

自分は何のために生まれ変わったのか。

泣きたいような悔しいような激情が込み上げてきて、リズは唇を強く噛みしめた。

「どうしたの？　気分でも悪いの？」

やわらかい声が降ってきて顔を上げると、クレアが心配そうにリズを見つめていた。小さな黒い目が気遣《きづか》うように揺れている。

優しい子なのだ。さっきもリズの髪と目をきれいだと言ってくれたじゃないか。

五百年前のセシルとユージンの事に子孫であるクレアは関係ない。顔をそらしてしまった自分が恥ずかしく思えて、リズは頑張って笑った。

「何でもない。大丈夫」

「そう？　良かった」

ホッとしたように肩を下ろすクレアの、控えめな印象を受ける小作りな顔立ちには、ユージンも、そしてグルド家のお嬢様の面影も見あたらない。

五百年も経つのだ。その間、何代も経てきたのだから当たり前かもしれないが、その事に無性に安心してしまった。そして一気に、そんな自分に対して憂うつな気持ちになった。


そこへ「おまたせ」と神官ロイドがやって来た。

すそが足首まである神官用の青のローブに着替えている。もともと性格の悪さとは裏腹に品の良い顔立ちをしているので、そういう格好をするとちゃんとした神官に見えた。

ロイドが笑いながらリズをのぞきこんだ。

「今、ちゃんとした神官に見えるなって思っただろう？」

「思いました」

「……こういう時って、本当は思っていても否定するものじゃないのか」

納得できないといった感じでロイドがぶつぶつ言っている。

リズは無視したが、ふと心にふれるものがあって聞いた。

「さっきの穴掘りですけど、あれから何か見つけました？」

ロイドが一瞬目を見開き、そして小さく笑った。

「何で？」

「何となく、そんな気がして」

さすが鋭いね、とつぶやきながらロイドが内ポケットに手を入れたところで、

「おい！　そこの――アルビノの娘、こちらに来い！」

他の神官たちに呼ばれた。順番に聖女候補者たちの名前や身分を確認しているようだ。

タイミングが悪い。「はい」とリズは渋々、神官の許へ向かった。


残されたロイドは手持ちぶさたに、さっき地中から拾った、半ばさびた指輪を眺めていた。

「あら、それ――」

驚いたような声が聞こえて振り向くと、聖女候補の一人が目を丸くしていた。ハワード家の子孫、クレアだ。

クレアが恥ずかしそうに笑って言った。

「ごめんなさい。私が持っている指輪と似ていたものですから」

「君の？」

「というよりは、うちの、です。うちに――ハワード家に代々伝わる物で。没落した時に他の物は全て売ってしまったらしいんですけど、その指輪だけは何があっても絶対に手放すなと、ご先祖のテオ・ハワードが言い残したらしいです。まあ、そんな高価な物でもないんですけど。でもハワード家が代々、大事に受け継いできた物です。その指輪にとてもよく似ています」

一気に話したクレアは、そこでハッと我に返ったように顔を真っ赤にした。

「ご、ごめんなさい。私ったら神官様に関係ない事をべらべらと……」

「いや、別に。偶然ってあるんだね」

ロイドはにっこりと笑ってそう返した。


「神官長様がいらっしゃいました！」

神官用のローブの上に金色の刺繍《ししゅう》が入ったケープをかけた神官長が、お付きの神官たちと一緒に広間に入ってきた。

神官たちから解放されたリズと、神官長のもとへ行こうとするロイドが、広間の中央で行き会う。

そこでロイドがリズにちらりと視線をやった。そして神官長に視線を移し、またリズを見た。そして小さく噴き出した。

（どうしよう。イラっとする）

ロイドの言いたい事はわかった。聖女候補たちはもちろん、神官たちもほぼ魔力持ちなので黒髪黒目だ。そんな中で、年寄りの神官長だけは目が黒くても髪の毛は真っ白で。

つまり黒ばかりの中で、リズと神官長の目立つ白髪が、

『おそろいじゃん』

と、そう言いたいのだ。

もちろん神官長の年齢からくる生気のない白髪——しかも半分しかない——と、アルビノの元々白いだけでツヤめいた髪とは、一目で違うとわかる。リズは肌も透きとおるほど白く——おかげで日に焼けるとすぐに真っ赤になってしまう。すぐに戻るが——小柄だが体も丈夫にできている。それなのに！

（ろくでもない神官だわ）

心底、そう思った。

三十人ほどの聖女候補たちの前に神官長が立つ。ロイド含め神官たちは後ろへと下がった。

神官長は、一様に緊張した顔の候補たちをゆっくりと見回した。

そして一番端にいたリズに目を留めた。まさか神官長もおそろいの髪だと思ったわけではないだろうが、まじまじとリズを見て、そして小さく微笑んだ。

おもしろいモノが混じっていると思ったようだ。

神官長が告げた。

「現聖女様はだいぶお年を召しておられる。私が言うのも何だが。早急に次の聖女を決めなくてはならない。ここにいる者たちは聖女の——聖なる力を持つ素質を認められた。しかし、まだちっぽけな原石に過ぎない。君たちの中に眠る原石を磨《みが》き、花開かせ、現聖女様の持つ多大な聖なる力に匹敵するような、そんな力を持つ者が求められる。

もちろん人間性、知識力、そして強靭《きょうじん》な精神力も国を守る聖女には必要な事だ。これより多方面から審査し、次期聖女を選定する」


「お待ちください、神官長！」

場を切り裂くように、高い女性の声が鋭く響いた。候補たちのなかの一人だ。豪奢なドレスと、その立ち姿から、明らかに上流貴族の令嬢だとわかる。

リズの事をずっとひそひそ言っていた女性たちの中心にいた人物だ。

「その前に質問があります。聖女候補者の条件は黒髪黒目の魔力持ちだけだと聞きました。しかし、その条件に合わない者が混じっているようですが。おかしくはありませんか？」

皆の視線が集まる中、令嬢はまっすぐリズを見すえてくる。リズも赤い目でゆっくりと令嬢を見返した。

神官長がおだやかな声で言った。

「何もおかしくはないよ。ここにいるという事は、現聖女様の力がこもった鍵が見えたという事だ。たとえ魔力持ちでなくとも。

そして聖女様からの大事な鍵を預かり、次期聖女候補者たちを選定しに行く神官たちは厳選しておる。この神殿に仕える上級神官の中でも、特に魔力の高い者たちばかりだ。常人には気付かない事にも気付くことができる、そんな者たちばかりだと思っている。私が言っても信用できないかね？」

「……いいえ。出過ぎた事を申しました」

令嬢が頭を下げる。

厳選？　ロイドさんは鍵をなくしてなかったっけ？　とリズがいぶかしく思っていると、

「あれを持ってまいれ」

神官の一人が、大きな白い布を両手でかかげてきた。

布には何か小さなものが、たくさんのっている。

「種……ですか？」

候補たちが目をぱちくりさせた。

「その通り、種だよ。といっても、そこらに生えている植物のものではない。現聖女様の聖なる力を与えられた特別な種だ。君たちに一粒ずつ与える。自分の思うように、思う場所に、思う物を用いて植えよ」

「……何が生えるんですか？」

「さあなあ。人によるよ。その者にふさわしい芽が出て、葉がつき、やがて花が咲き、実がつく。まあ花とは限らんが。どんなものが咲くかは君たちしだいだ」

小指の先ほどもない小さな黒い種を手に、候補者たちは戸惑った顔をしている。

神官長がにっこりと笑った。

「もっとも、まず芽が出るかどうかだがな」

4 芽を出す方法

神殿内に与えられた部屋のベッドの上で、リズは渡された小さな種を見つめていた。黒い、どこにでもあるような種に見えるが、これは現聖女の力がこもった特別な「聖なる種」なのだ。

（さてと、どうするかなあ）

やわらかい布団の上に勢いよく寝転んで、リズは考え始めた。

聖女候補者たちにはそれぞれ一人部屋が用意されている。この日のために第二神殿の東側に増設されたもので、室内は明るく広々としていた。

二つに仕切られた室内の奥には大きなベッドと鏡台、書き物机がある。手前には日ざしがたっぷり入ってくる大きな窓とテーブル、革張りのソファーなど。ドアで仕切られた横の小部屋には、小さいが専用の浴槽までついている。

村では掘っ立て小屋のような家で暮らしていたリズにとっては、豪華で快適すぎる部屋だ。虫や鶏《にわとり》が勝手に入ってこないし、何より窓の隙間を板や布でふさがなくても隙間風なんて入ってこないのだ。感激である。

だが他の者、特に身分の高い令嬢たちにとってはそうでもないようで。

貴族令嬢に付いてきた侍女たちが、世話役の下級神官や神殿付きの侍女たちに「もっと広い部屋はないのか」と食い下がったりしていた。

それも使い勝手が悪いなどという理由ではなく「お嬢様があんな平民たちと同じ部屋なんて我慢ならない」という事らしい。

(うるさいなあ)

うんざりだ。さわがしい事このうえない。


——けれど本当にうるさくなったのは、神官長から種を受け取った、その夜からだったのである。


「ねえ、あの種どこにまきます？　土はどうなさるの？」

「我が家の使用人に、アイダ地方にある大神殿の土を取りに行かせるわ。まく場所も司祭様に決めてもらいます。お祈りもしてもらった方がいいわよね」

「私はうちでお抱えの魔術師を呼びますわ。え？　魔術師も司祭も、候補以外は誰も神殿内へ立ち入り禁止？　屋敷から連れてきたお付きの侍女も屋敷に帰せ？　……でも、こっそりとなら」

「ここは神殿なのよ。ばれたら聖女候補失格になるわよ。そもそも聖女様の聖なる力のこもった種に他の魔術をかけたら、種がダメになったりしないのかしら？」

「私たちをここに案内してくださった上級神官様とも、自分の芽が出るまで接触禁止だし、候補者である私たちは神殿内から出られない。神官長様は『それぞれの思う場所に植えよ』と、おっしゃっていたけれど、それってつまり神殿内のどこかって事よね？」

「というより、そもそも地面――土に植えていいの？　『思うものに植えよ』って何？　まさか土じゃないとか……？」

「そういえば……」

みな迷っていた。受け取った種は一人一粒のみだ。失敗は許されない。

聖女候補は、およそ三十人。

数人ずつで集まり心配そうな顔で相談し続ける者たちもいれば、一人で部屋にこもる者もいた。真剣な表情で歩き回って考える者もいたし、第一神殿の近くの周壁沿いで何やらコソコソしている者もいた。

答えは出ない。みな不安そうな顔で、他の候補たちの様子をうかがうばかりだ。

そんな中、リズは翌朝起きると植木鉢を探した。中庭や池の周りをうろうろしていると、すみに置かれた納屋《なや》のかげに古いレンガやら割れた壺やら鉢やらが捨てられているのを見つけた。

（うん。ちょうどいいのがあった）

リズは一晩考えて結論を出した。

考えてもわからない。

どうすれば芽が出るかなんて誰にもわからないのだ。ならば聖なる力がこもった聖なる種だろうが、しょせんは種だ。

種なら土にまけば芽が出るだろう――と。

「すみません」

落ち葉をほうきで掃いていた神殿の侍女に話しかける。

「この植木鉢、一つもらってもいいですか？」

「はい、どうぞ。こんなものでよろしければ」

まさか聖女様から受け取った聖なる種を、こんなひび割れたゴミ同然の鉢で育てるとは夢にも思わなかったのだろう、侍女が笑顔でうなずいた。

リズは礼を言い、鉢を持って畑へと向かった。

小神殿のさらに奥、侍女たちが野菜を植えている小さな畑があったのを、見つけていたのだ。

「すみません、土を少しもらいたいんですが」

ちょうどジャガイモを掘り出していた侍女に頼むと、こころよく「どうぞ」と言ってくれた。また礼を言って鉢に畑の土を入れる。

「何か植えるんですか？」

「はい。ちょっと聖なる種を」

「アハハ。候補様ったら冗談がお上手ですね」

おもしろそうに笑う侍女の手にあるのは、実に立派なジャガイモだった。いい土壌《どじょう》なのだろう。ばっちりだ。

リズは満足げにうなずくと、黒く光る聖なる種を植木鉢の土の中に押し込んだ。

後は部屋に持って帰って、日当たりの良い窓辺にでも置いておこう。

リズが古い植木鉢を抱えて戻ってくると、その場にいた聖女候補者たちが驚愕の声をあげた。

「ちょっと！　何よ、その汚い鉢は！　まさか聖女様の種をそんな鉢で育てる気なの⁉」

「そうだけど。欲しいなら中庭の納屋のかげに、まだたくさんあったわよ」

「いらないわよ！　それと、その土！　どこの土よ⁉」

「畑の土。ジャガイモ畑の。欲しいなら、まだいっぱいあったわよ」

「いらないったら！　というか、ジャガイモ⁉　聖なる種なのにジャガイモ⁉　それに水はどうするのよ？　聖水とかをあげるのよね。そうよね⁉」

「井戸の水だけど」

マジか――⁉　という顔で皆リズを見つめる。

信じられない、あり得ないと息を呑む彼女たちを横目で見ながら、リズは自分の部屋の窓際に、大事そうに植木鉢を置いた。

そんなリズを見て、窓の外でひそひそと言い合うのは、初めて広間で会った時からひそひそと悪口を言っていた三人組だ。質の良さそうなドレスを着ているあたり貴族令嬢、もしくは裕福な商人の娘といったところか。

いつもこの三人組と一緒にいて、昨日、神官長に「魔力持ちでないリズが候補としてふさわしくない」と意見していた、いかにも上流貴族な令嬢の姿は見えない。

（そういえば、あの上流貴族っぽい令嬢はこの三人組と一緒にいただけで、ひそひそと話してはいなかった。私の悪口を言っていたのは、この取り巻きのような三人娘たちだけだったな）

リズと似たような年齢の三人娘は、今日もひそひそと話す。

「ちょっと見てよ。あの、みすぼらしい鉢。聖なる種じゃなくてジャガイモか何かと勘違いしてるんじゃないの？」

「本当に信じられない。何を考えてるのよ。神官長様はああおっしゃっていたけど、あんな子に聖女になる資格なんてあるわけないじゃない」

「さっさと田舎に帰ればいいのに」

リズは聞き流した。しょせん正解はない。どうすれば芽が出るのか誰にもわからないのだから。

（よしよし。大きく育ってよ）

井戸から汲《く》んできた水を鉢に注ぐリズを見て、三人娘が鼻で笑った。おかしくてたまらないというように。

その態度に、いい加減イラっときた。一言いってやろうと思った、その瞬間――

「わっ！」

「「「ちょっと嘘でしょう⁉」」」

三人娘が一斉に青ざめた。驚愕に目を見開き、呆然《ぼうぜん》となる。

なぜならリズの植木鉢には――ゴミ同然の鉢と、ジャガイモ畑の土と、ただの井戸の水仕様の植木鉢からは、つやつやとした色あざやかな黄緑色の芽が、ニョキニョキと生えてきたからである。


「芽が出たね」

嬉しそうにリズの部屋へやって来たのは神官ロイドだ。

「何で嬉しそうなんですか？」

「冷たいな。リズを見いだして神殿に連れてきたのは僕だよ。言ってみれば保護者みたいなものだろう？」

「違いますよ」

「本当、冷たいね」

そう言いながらも、ロイドはちっとも傷ついた様子もなくソファーに座って足を組み、楽しそうに笑った。

「神殿付きの侍女たちが嘆いていたよ。聖女候補たちがこぞって、捨ててある植木鉢をもらいに来る。新しいものなら下級神官に頼めばいくらでももらえると言っても、いや古いものがいい、ひび割れていてゴミ同然のものでないと意味がない、と言い張って困るってね」

「……」

「ジャガイモ畑の土は半分に減ったそうだよ。せめて隣の玉ねぎ畑のものにしてくれないかと嘆いていた」

しかも率先して植木鉢と土をもらいに行ったのが、例のひそひそ三人娘だというから呆《あき》れる。

(「ジャガイモと間違えてるんじゃないの?」って鼻で笑ってたよね?)

ロイドが立ち上がり、窓辺に置いてあるリズの植木鉢をのぞきこんだ。

「……昨日、種をまいたばかりだよな?」

「そうです」

ロイドの戸惑いはわかる。

昨日生えたばかりの芽はあっという間に大きくなり、リズの膝くらいの高さまで成長していた。

青々とした丸い葉がたくさんついている。

驚くべき成長速度だ。いや、普通の速度ではない。

ロイドがリズと芽を見比べて小さく笑った。

「いいね。本当におもしろいよ」

何がおもしろいんだと言い返そうとした時、開け放たれた部屋の扉から、若い侍女が顔を出した。いつも快活な侍女なのに、何だか元気がない。緊張の極致だとでもいうように頬が引きつっている。

「どうかした？」

ロイドが鋭く聞くと、侍女は大きくつばを飲み込んで言った。

「あの、リズ様。キーファ王太子殿下がお呼びです……」

呼び出されたのは、この前話した広間の前の廊下だった。

（会いたくない）

憂うつでたまらない。

もちろんリズはものすごく怒っている。多大な怒りが前面にある。それは確かだ。

けれど、心の奥底には臆病なリズが――前世のセシルがいる。

キーファに会うと古傷がうずき感情が振り乱されて、いつもの自分でいられなくなる。キーファは――前世のユージンは何とも思っていないだろう。それなのに一人で勝手に心をかき乱されている、そんな自分が悔しくて嫌でたまらない。

けれど王太子に呼ばれて無視するなんて大問題だ。伝えてくれた侍女にも多大な迷惑がかかる。

キーファ王太子は先に来ていた。一人のようで側近の姿は見えない。

リズは大きく深呼吸して廊下を歩いて行った。こちらの姿を認めたキーファが、途端に不審そうに眉根を寄せた。

「君を呼んではいないのだが――」

――リズの隣にいる神官ロイドの事だ。どうしてもキーファに聞きたい事があると言い張って一緒に付いてきたのである。

「僕は後でいいです。先に、リズと話をなさってください」

そう言ってロイドが壁際へと下がった。さすがに相手が王太子だからか、リズたちの会話が聞こえない位置まで下がる。

リズはキーファと向かい合った。

(冷静になれ。平然としていればいいんだから)

ともすれば震えそうになる体を、両手を強く握りしめて、こらえた。

そんなリズを一心に見つめるキーファもまた、こみ上げてくる様々な感情をのど元で押し殺している、そんな感じだった。焦げ茶色の目が悲しげに、けれど確かな熱量を持ってリズを一心に見つめている。

やがて無理やり想いを引きはがすように視線を外すと、かすれた声で言った。

「もう一度、改めて話がしたいと思ったんだ」

「……話なんてありませんよ」

「いや、聞いて欲しい。前世にあった事と今世の君の反応を、ずっと考えていたんだ。何かおかしい。上手《うま》くつながらない。もしかして俺は、いや俺たちは互いに何か思い違いをしているんじゃないだろうか？」

思ってもみなかった言葉に、リズは思わず目の前のキーファを見上げた。キーファは実に真面目な態度で、まるで懇願《こんがん》するように唇を引き結んでいる。

その真剣な口調に、真面目な態度に、ふといつもの冷静なリズが顔を出した。話の続きを聞いてみようか、と。

まじまじと見つめると、キーファはリズより頭一個分背が高いのだとわかった。確かに見とれるほど端整な顔立ちをしている。

前世のユージンは特に長身でもなかったし、整った顔立ちでもなかった。ちょっとたれた目が特徴の、普通の、人の良い顔をしていた。今世のキーファとは似ても似つかない。似ているところはどこもないのに。

（どうして、わかるんだろう）

前世で心から愛した人だと——。

思えば前世は結婚を約束していた恋人同士で一緒に住んでいたのだ。前世のユージンからかけられた甘い言葉や二人で過ごした時間、体の温《ぬく》もり、優しくふれられた感触なども、切ないほど全て覚えている。

脳裏に記憶があざやかによみがえって、思考が一気に前世へと引き戻されたようだった。

そこで――目が合ってしまった。

「「……⁉」」

その瞬間わかった。キーファも同じ事を考えていたと。

ほぼ同時に顔をそらした。

気恥ずかしくて互いの顔が見られない。

（やりにくい……）

ものすごく、やりにくい。何だ、これは？

背を向けあい、互いに決して相手に悟らせまいとして、しかし確実に心中もだえている二人に、

「……何をしているんですか？」

と、壁際に下がっていた神官ロイドが近寄りながら不審そうに聞いてきた。

「君の話というのは何だったかな？」

意識をそらすように、その場の雰囲気を変えるように、キーファがわざとらしく咳払《せきばら》いをしながらロイドに聞いた。

ロイドは変な顔をしながらも、

「これなんですが」

着ているローブの内ポケットから何かを取り出して、キーファに差し出した。

「小神殿と周壁の間の地中に埋められていました。神官長がこれはキーファ殿下のものだ、殿下が子供の頃、大事にしていたものだと」

ロイドの手のひらには丸い小さなものがのっている。

キーファが驚いたように目を見開き、そしてリズの視線を気にするように急いでポケットにしまった。

けれどキーファがポケットに隠す直前、見えてしまった。

指輪だ。リングの部分が半ばさびて、よく見えなかったけれど青い石はちらりと見えた。

(見覚えがある……)

心臓が恐いくらい早鐘《はやがね》を打ちだした。

前世の記憶があざやかによみがえる。忘れたいのに脳裏に刻みついて決して離れない、そんな記憶だ。

グルド家のお嬢様の――ユージンの結婚相手の指にはまっていた大きな青い石がついた金の指輪。

あれに似ていた。

キーファは生まれ変わっても、それを大事にしているのか――。

先程までの甘い感情が一瞬で冷めた。

自分は何をしているのだと、一気に現実に引き戻された気がした。

リズは食いしばった歯の間から言葉を押し出すようにして言った。ほとんど、うめいていたと思う。

「……話したい事は何もありません」

少しでも期待してしまった自分がぶざまで仕方ない。前世から、ちっとも成長していないじゃないか。

「失礼します」

いつもの自分でいたいのに、なぜ、こんなにも簡単に感情が上下に振り切れてしまうのだろう。

リズは唇を噛みしめて、なかば走るようにその場を去った。

(悔しい、悔しい……!)

すがってしまった自分が悔しかった。ユージンの――キーファの心の中に少しでも自分がいる事をまだ願っている、そんな自分が死ぬほど悔しくて、そしてみじめだった。

キーファは追いかけてこなかった。凍りついたように、その場に立ち止まっている。

追い付いた神官ロイドがリズの隣に並んだ。

「リズはいつも冷静なのに、殿下といると感情がむき出しになるよな。普段とは別人のようだったよ」

小さく笑い、視線をよこして、ギョッとしたように顔をゆがめた。

「……何で泣いてるんだ？」

答えず、両手を使って乱暴に顔をこするリズに、ロイドが着ているローブのあちこちに急いで手をやり、探し当てたハンカチを無言で差し出した。


いくつもの長テーブルが並ぶ食堂へと入る。途端に肉の焼けるいい匂いがただよってきて、リズはなぐさめられたような気持ちになった。

候補者たちには毎日三食が、きちんと用意される。数種類の焼きたてのパンに、湯気をたてるスープ、肉や魚などメインの料理に付け合わせの野菜。新鮮な果物や、甘い焼き菓子などデザートも豊富で、リズは毎日の食事が楽しみだった。

エプロン姿で配膳してくれる侍女たちから料理を受け取る。

今日のメインは、香ばしく焼いた肉にバジルのソースがかかったものだ。クリームを添えたフワフワのシフォンケーキもついている。

都市部の上流家庭では一般的に食べられているのだろうが、田舎で貧乏暮らしだったリズには初めて口にするものばかりだ。今日もまたぺろりと平らげ、皿に残ったソースもパンにつけて拭き取ったように食べ終わると、テーブルの皿やトレーを片付けていた侍女が嬉しそうに微笑んだ。


満腹になり、幸せな気分でレモンの香りがする食後のお茶をすすっていると、

「ちょっとリズ、話があるんだけど」

振り向くと、ひそひそ三人娘だった。

(せっかく、いい気分になっていたのに)

どうやら無意識に顔をしかめていたようで、それに気づいた彼女たちの眉が怒ったように吊《つ》り上がった。

「何よ、その顔は。——まあ、いいわ。よく聞きなさい。あなたをグレース様の侍女役に任命してあげるわ」

「嬉しいでしょう? 平民のあなたが公爵家のご令嬢を近くで拝めるなんて、こんな事でもなかったら一生あり得なかったんだから」

「光栄に思いなさいよね！」

「侍女役？」

しばらく考えて、思い至った。神殿からのお達しで、候補者たちは家から付いてきた使用人や侍女を全て帰らせなければならなかった。だから着替えや身の回りの世話など、全てを使用人に任せていた貴族の令嬢たちは困っているのだろう。

もちろん食事や掃除など、必要最低限の事は神殿付きの侍女たちがしてくれるが、今回のこれはそれ以上の事を求めての事のようだ。

そして彼女たちの言う公爵家の令嬢グレースというのが、彼女たちが取り巻いている、あの上流貴族の令嬢なのだろう。

息まく三人娘を、リズはゆっくりと見返した。

「どうして私が？　あなたたちがしてあげればいいじゃない」

三人娘が鼻で笑った。

「私たちはグレース様に比べれば下位といえど、れっきとした貴族なのよ。侍女役は平民がやるべき事でしょう？」

「そうよ！」

何だ、それは。あきれて言葉も出ない。

しかも、黙っているリズに追い打ちをかけるように、三人娘の一人が言い放った。

「リズがどうしても嫌と言うなら、あのクレアとかいう平民にさせてもいいのよ」

思わず頬がこわばった。

三人娘は当然だと言いたげに、偉そうに腕を組んでふんぞり返っている。本心からそう思っているのだ。リズののど元に、苦いものが込み上げた。

グレースの公爵家に使用人として雇われたわけではない。たとえリズたちが平民で、彼女たちが貴族であったとしても、候補者として神殿にいる以上は対等のはずだ。このように命令されたり、強制されるいわれはない。

リズは大きなため息を吐いた。

「――わかったわ」

満足そうにうなずく三人娘に告げた。


「やり方を教えてあげる。着替えのやり方とか、お茶の淹《い》れ方とかでしょう？　一回しか教えないから、ちゃんと覚えてよ。ドレスは着た事がないからわからない。他の人に聞いて。お茶の淹れ方はね、まずお湯を沸かしてティーポットに茶葉を――ねえ、茶葉ってわかるわよね？」

「「「ふざけないでちょうだい!!」」」


バカにされた事にか、それとも三人で囲んでいるのにリズが怯えるどころか顔色も変えず、ひょうひょうとしている事になのか、三人娘は顔を真っ赤にして怒っている。

「何をしているの？」

そこへ当のグレースがやって来た。リズを取り囲んでいる三人娘に眉をひそめる。

「グレース様！」

「いえ、私たちは、その……」

口ごもるところを見ると、どうやらグレース本人に言われたわけではなく、三人娘が勝手に行っていた事のようだ。

三人娘に「わかっているわよね」と命令するような脅すような視線を向けられた。黙っていろという事らしい。

だが、もちろんリズにそうしてやる義理はない。

「グレースの侍女役をしろと言われたから、断ったところよ」

ためらいなく事実を告げると、三人娘が非難するような顔でリズをにらんだ。

だが、にらまれる道理もない。赤い目を見開いて、真正面からまっすぐ見返してやると、三人娘の方から視線をそらした。

「何を勝手な事をしているの」

グレースの冷たい口調に、三人娘が一斉に青ざめ、うつむく。まるで蛇ににらまれたカエル三匹だ。

それでもグレースが勢いよく身をひるがえすと、慌てたように一斉に後をついて行った。

（貴族も色々あるんだな）

改めて食後のお茶をすすりながら、リズは思った。


食堂を出て早足で廊下を歩くグレースの後を、三人娘はひたすらついて歩く。彼女たちの心の内は不安で一杯だった。公爵家の令嬢であるグレースに嫌われたら、明るい未来はない。

「あの、申し訳ございませんでした。グレース様」

恐る恐る切り出した一人に置いていかれまいと、他の二人も誠心誠意、謝る。

グレースが振り返った。相変わらず冷たい目をしていたが、表情は先程よりも穏やかだった。まるで自分が対等に怒る価値のない相手だと思い出したように、慈悲深い笑みを向けた。

「もう、いいわ。私の事を思って言ったのでしょう。怒っていないわ。でも、もう二度と、ああいう事はしないでちょうだい」

「は、はい、わかりました！　ありがとうございます！」

「それに侍女といえど、あんな平民は断じてごめんだわ。候補者の資格もないのに、のうのうと居座っているような恥知らずは特にね」

「そ、そうですよね！　申し訳ありません！」

「人はね、分相応というものが大事なの。私の周りにいるなら、それ相応の地位と教養がある者でないとね。他の平民も同じよ。私の品位が落ちてしまうわ。それに、ああいう分不相応な者たちはすぐに選定から外れるわ。次期聖女なのよ。あんな子たちが選ばれるわけないでしょう」

優雅に微笑むグレースに、三人娘も「その通りですわ」と追従するように笑った。

今日も朝から快晴である。太陽の光が神殿の白い壁に反射してまぶしいくらいだ。

そんな中、リズは小さな畑で力一杯クワをふるっていた。

「今度は何をしてるんだ？」

腕組みをして興味深そうに聞いてきたのは神官ロイドだ。

「土を耕《たがや》しています」

「そうだろうね。それはわかるよ」

小神殿の奥のジャガイモ畑を整備しているのだ。リズが聖なる種を植えるために土をもらった畑である。

先日通りかかると、ロイドが言っていた通り、畑の土はごっそりとなくなり、掘り出された不要なジャガイモたちが点々と転がっているという無残な状況だった。リズの真似《まね》をして畑の土を持って行った候補者たちは驚くほど多かったようだ。

「もしかして元通りに、ジャガイモを植え直すってだけか？」

明らかに興味の失せた口調でロイドが言った。今度は何が見つかるのかとワクワクしていたのに、というように。

「違います」

ロイドの顔がパッと輝く。

「枝豆も植えますよ」

「――そう」

落胆したのか再び顔の曇《くも》ったロイドが、肩を落として壁にもたれた。

神殿付きの侍女にはすでに了承を取ってある。侍女からは非常に恐縮されたが、肥料と種芋《たねいも》、そして枝豆の種ももらってきた。

リズは慣れた手つきで足りない分の土を運び入れ、肥料をまいて土づくりを始めた。

「手際がいいな」

めずらしくロイドにほめられた。

「ありが――」

「さすが田舎者だね」

イラっとした。リズは無視して今度は日当たりの良い地面に麻布を敷き、種芋を並べた。

こうやって十日から二十日ほど日に当てて、芽を出させてから植えると、ジャガイモの発育が良くなるのである。

壁に背中を預けたまま、ロイドが暇そうにあくびをしている。

暇なら手伝うか、神官の仕事をしに行けばいいのに。リズは冷たい視線を送ったが、ロイドが気にする様子は全くない。

その時ちょうど向こうの池のほとりを、キーファが神官たちと一緒に歩いて行くのが見えた。

途端に、キーファと対峙《たいじ》した時の、あの心が引きつれるような悔しさとみじめさを思い出して、リズは体がこわばった。

同時にキーファもリズに気付いたようで、唐突に足を止めた。

離れているのでキーファの表情はよく見えないが、それが逆にありがたい。あの端整な顔に浮かぶ表情を、たとえどんな表情であっても、リズに向けてくるものを見てしまったら、冷静ではいられないだろうから。

リズは確かな意志を持って顔をそむけた。

それでも視界の端に、こちらを一心に見つめてくるキーファがいる。視界から完全に追い出したいのに、それがどうしてもできない自分がとことん嫌になる。

それでも必死で顔をそむけ続けていると、やがてキーファが先へと歩いて行った。

ホッと息を吐いて顔を上げると、ロイドと視線がぶつかった。楽しくなってきたというようにニヤニヤ笑っている。

「リズって本当にキーファ殿下がからむと、別人のように感情豊かな顔になるよな」

「……そんな事ありませんよ」

「前に殿下に呼び出されて、指輪を持って僕が付いていった時も、ものすごくショックを受けた悲しそうな顔をしていたじゃないか」

「そんな事ありません」

「まあでも、あの時リズが冷たい態度で立ち去った後、殿下も同じような顔をしていたけどね」

リズは、はじかれたように顔を上げた。キーファが悲しそう？　そんな訳ないじゃないか。

わかっているのに、それでも胸がざわめいた。

「さっきもそこで、殿下は同じ顔でリズの事を見ていたよ」

思わず目を見張った瞬間、ロイドが「やっぱりね」と言いたげに小さく笑った。

またもやイラっとし、リズは乱暴な手つきで再び種芋を並べ始めた。


――中庭を抜け、第二神殿の本殿に入ったキーファもまた、どうしてもリズを視界から追い出せなかった事に、胸の内がざわつくように両手をきつく握りしめていた。

5 選定一回目

植木鉢から生えた、リズの聖なる芽は日に日に大きくなっていく。

他の聖女候補たちは芽が出たと喜ぶ者もいれば、まだ発芽せず焦っている者など色々だ。

ハワード家の——ユージンの子孫であるクレアもまだ芽が出ないうちの一人で、リズの部屋に相談に訪れたのはそんな時だった。

「発芽させる方法を教えて欲しいの」

板張りの床に膝をそろえて座ったクレアから真剣な顔で頼まれて、リズは戸惑った。

教えるも何も、種を植えたら勝手に生えてきたのだ。けれどクレアの求める返事はそうではない事はわかったので、リズは慎重に答えた。

「方法はよくわからないけど、神殿内の中庭でもらった（ゴミ同然の）鉢と、同じく神殿内の（ジャガイモ畑の）土を使ったから、それが良かったのかもしれない」

ヒソヒソ三人娘と他の聖女候補たちも何人かもらいに行き、中には芽が出たと喜ぶ者もいたと聞いたし。

するとクレアの顔が曇った。

「もう、やってみたの。それでも芽が出なかった……」

何て事だ。

（どうしよう）

それ以上どう答えていいのかわからず、リズは懸命に考えた。

クレアはうつむき、膝の上で両手をぎゅうっと握りしめている。

（嫌だな……）

失礼な事だとわかっているが、クレアを見るとどうしても前世のユージンを、そしてキーファ王太子を思い出す。ぶざまで、みじめな自分自身を思い出してしまう――。

思わず顔をゆがめたリズに、クレアがはじかれたように立ち上がった。クレアが失礼な事を頼んだからリズが怒っていると勘違いしたようだ。

「ごめんなさい！　同じ聖女候補なのに、ライバルなのに、こんな事を頼む私がバカなんだわ。頑張ってるつもりなのに全然、芽が出なくて焦ってて……。自分でもう一度考えてみる。本当にごめんなさい！」

泣きそうな顔で部屋を出ようとする。リズは「待って！」と急いで引きとめた。

何をしているのだ、自分は。一瞬で後悔した。前世の事にもキーファとの事にも、クレアは関係ないのに。

「正直、芽を出させる方法はわからないの。でも一緒に調べたり、誰かに聞きに行ったりする事はできるよ。私で良ければ一緒に探そう」

まっすぐクレアを見つめて言うリズに、「ありがとう……」とクレアが涙ぐんだ。

（さて、どうしようかな）

クレアは、神殿内にある図書室の本は一応調べてみたとの事だった。

けれど魔力で植物を育てる簡単な方法などは書かれていたが、魔力持ちが持つ魔力と、聖女が持つ聖なる力は異なるものなので、参考にならなかったと。

リズは考えた。発芽するまでは、候補たちを神殿に連れてきた上級神官とも接触不可能だ。だからクレアが聞きに行く事は出来ないが、芽が出たリズならいいだろう、という考えで神官ロイドに聞きに行く事にした。

教えてくれるとまでは思っていないが、ヒントならくれるかもしれない。しかし――

「芽を出す方法？　そんなの教えられるわけないだろう。……嘘だよ、知らないよ。神官がそんな事を知るわけないだろ。え？　神官長も知らないかって？　そりゃ、そうだろう。知ってたら、神官長が次期聖女になってるよ」

次に聞きに行ったのは、古くからいる神殿付きの侍女たちだ。

「芽を出す方法ですか？　私たちにわかるわけありません。知っているのは現聖女様だけでしょう。

前の聖女候補たちの時はどうだったか？　ああ、現聖女様が候補だった時代の話ですね。でも六十年も前のお話ですし、選定の方法はその都度変わるようですから……。お力になれず、申し訳ありません」

芽が出たという他の聖女候補者たちにも聞きに行った。

「方法？　知らないわ。種をまいたら生えてきたんだから」

「そんなの教えられるわけないでしょう、ライバルなのよ！　……嘘よ。リズのやった通りに植木鉢と土をもらってきたら勝手に――いいえ、私の持つ聖なる力で！　芽が出たのよ！」

「私は土には植えていないわよ。神官長様が『思う物に植えよ』って、おっしゃったじゃない？　だから壺に水を張って、その中に沈めておいたのよ。そうしたら芽が出たわ。コツ？　さあ？　気合いじゃない？」

水に沈めておく方法もクレアはすでに試したらしく、参考になるものは何もなかった。

話を聞けば聞くほど、クレアの表情がどんどん暗くなっていく。

（まずい……）

「もう一度、図書室へ行って調べ直してみようよ」

リズはそう提案した。

神殿内にある図書室はそれほど大きくはない。歴代の聖女に関する事、国を守る聖なる力に関する事などが記された書物のほとんどは、国の重要極秘文献に指定されていて、神殿の奥深くに仕舞ってあるからだ。リズたち候補生が見る事はできない。

それでも図書室内にある、それらしい書物を全て見ようと思ったら莫大《ばくだい》な時間がかかる。

こもりっきりで二人はひたすら書物と格闘したが、聖なる力で発芽させる方法などという記述はどこにも見当たらなかった。

それでもあきらめず、目を皿のようにして一生懸命探し続けるリズを見て、クレアが静かに微笑んだ。

「ありがとう。リズはもう芽が出たから探す必要なんてないのに、私のためにここまでしてくれて。リズっていい人ね」

「……そんな事、初めて言われた」

「皆わざわざ口に出さないだけよ。私がリズの立場だったら——本当に嫌な人間だと自分でも思うけど、一緒に探したりしないわ。だってライバルが増えるだけじゃない」

情けなさそうに笑う。

リズはクレアをじっと見つめた。「勘」の力なんて使わなくても、そばで見ていれば、一緒にいれば、わかる事は確かにある。

「探すよ」

そっけなく言うと、クレアが「え?」と聞き返してきた。

「探す。クレアが私の立場でも、クレアは誰かのためにきっと一緒に探してあげているよ」

まっすぐ目を見て言った。

クレアの小さな黒い目がうるんだ。そして、

「ありがとう……」

と小さな声が続いた。


しばらく二人は無言で、分厚い書物をめくり続けた。やがてクレアが口を開いた。

「リズって魔力持ちじゃないのに魔法が使えるみたいね。その赤い目で見つめられながら言われると神託《しんたく》みたいに聞こえるもの。私ね、自分が黒髪黒目で魔力持ちだって事がずっと負担だった。持っている魔力量ってピンキリで、本当に人によるの。私はほとんど魔法なんて使えなくて、でも見た目じゃわからないから『どうして、これくらい出来ないんだ?』って、ずっと言われ続けてきたわ。この髪と目の色が嫌で嫌でたまらなかった。

でもある日聖女候補だって言われて、ああ、私はこのために魔力持ちで生まれてきたんだってわ

かった気がしたの。初めて認められたようで、すごく嬉しかった。でも……気のせいだったみたい。私には聖女になるなんて無理だった」

リズは黙って聞いていた。

だって返す言葉なんてないじゃないか。

クレアが頑張ったという事は身にしみてわかる。この図書室の本はほとんど読み終えたというし、種をまいた鉢の日当たりや水加減にも気を遣《つか》った。他の候補が発芽したという方法で水にも浮かべてみた。

それでも芽が出ないというのだ。

自分の無力さを噛みしめるしかないリズに、クレアが我に返ったように慌てて笑みを浮かべた。

「嫌だ、愚痴《ぐち》を言っちゃった。ごめんね。次期聖女になってね、リズ。私、家に戻ってもずっと応援してるから」

リズは、はじかれたように顔を上げた。

「待ってよ。もう少し調べたら、もしかしたら――――！」

「明日までなんだって。第一回目の選定は明日の朝で、それまでに芽が出ていない者は聖女候補から外れる、失格になるんだって、さっき聞いたの」

その日の夜、クレアはリズの部屋のドアをノックした。

「リズ？　クレアだけど」

リズはいなかった。戻ろうとしたクレアは、ふとドアノブを回した。ドアは音もなく開いた。鍵がかかっていないのだ。

一瞬ためらい、おずおずと中をのぞく。ドアからまっすぐ入ったところの、窓際にある汚い植木鉢が目に入った。聖なる種から出たリズの芽は、もう芽とはいえないくらい大きくなっていて、生き生きと色あざやかな葉をたくさんつけている。

「すごい」

クレアは息を呑んだ。同時に胸の内が苦しくなった。結局、今になってもクレアの芽は出なかった。まだ明日の朝まで時間はあると、最後の力を奮い立たせているものの、自分には無理なのだと心の奥底でわかってもいた。

「どうしてなんだろう……」

思わず、つぶやきがもれた。

頑張ったのに、自分とリズとは何が違うんだろう。自分は一体、何がダメなんだろう――？

悔し涙を必死でこらえてうつむき、込み上げてくる黒い感情を押し込めるように両手を強く握りしめる。

――しばらくして顔を上げたクレアは何かを決心したような、そんな顔をしていた。

そして震える手でゆっくりと、リズの芽へと手を伸ばした。


その夜、同じ時刻に、リズは神官ロイドに呼び出されて第二神殿のすぐ裏庭にいた。

「いよいよ明日の朝が一回目の聖女候補の選定日だ。リズの、あのでかい芽なら問題はないと思うけどね。——誰かが芽をむしってしまおうとか考えない限りは」

ロイドが小さく笑いながらリズをのぞきこんだ。

「呼び出しておいて何だけど、こんな所にいて大丈夫なのか？　誰かに部屋に忍び込まれて芽を引っこ抜かれていたらどうする？　例えば、ずっと一緒にいたクレア・ハワードとか」

リズは微笑んだ。

「クレアはそんな事しませんよ」

「何でわかるんだ？　勘か？」

「勘じゃありません。確信です」

きっぱりと言い切るリズに、ロイドが「ふーん」と不満そうな声をもらす。「じゃあ、他の聖女候補が忍びこんでいたらどうする？」

ちらりとロイドを見上げて、これまた「大丈夫ですよ」と答える。

「どうして言い切れる？」

「それは――」


リズの部屋にて、クレアはリズの聖なる芽に震える手を伸ばし――直前で手を止めた。

ゆっくりと浮かんだ笑みは少し寂しげな、けれど温かいものだった。

悔しい気持ちはもちろんある。自分だけどうしてという強い怒りと悲しみも。

けれどリズはクレアのために一生懸命、芽を出す方法を調べてくれた。他人のために頑張る義理も義務もないのに、本当に精一杯、手伝ってくれた。

大事な事はそれだ。嫉妬や苦しみや様々な感情で心が一杯になっても、奥底にあるそれこそが絶対に忘れてはいけないものだ。

クレアは小さな丸い葉にそっと触れた。壊れものを扱うように、丁寧な手つきで。

「元気に育ってね。リズの『聖なる芽』さん」

優しい声が出た。そんな自分を良かったと思えた。

クレアは部屋を出た。


そしてクレアがリズの部屋から出るのを廊下のかげからじっと見つめる者がいた。候補者の一人で、リズやクレアと同じ平民の娘だ。

娘は周りに誰もいない事を確かめて、リズの部屋に忍び込んだ。そして窓辺にある植木鉢の所までやって来ると、ためらうようにおずおずと手を伸ばした。

娘もまだ芽が出ていないうちの一人だった。

だが、もう発芽させる事はあきらめていた。貴族の子女たちや高名な魔術師の娘といった候補者たちが次々と発芽させた事は悔しく思ったけれど、心のどこかで納得してもいた。もともと平民の娘とは住む世界が違うのだから。

でもリズは違う。同じ平民で、しかも家族もいない田舎者だ。何より魔力持ちではない。

リズは自分より「下」じゃないか。娘はそう考えていた。

格が「下」。見下げるべき相手なのに、誰よりも早く、誰よりも大きな芽を出している。そんなの、おかしいに決まっている。

「これでリズも失格になる……」

ゴクンとつばを飲み込むと、覚悟を決めたようにリズの芽を根元から引っこ抜いた。

それで勢いづき、さらに青々とした葉をブチブチと力任せにちぎり、茎《くき》を真ん中で真っ二つにへし折って床に投げ捨てた。

「当然の報《むく》いよね」

かすれ声だが満足そうな響きがある。

種は一人一粒のみだ。植え直す事は出来ない。選定日は明日の朝なのだから。リズは聖女候補としての資格を失った——。

娘は声を殺して笑い、誰にも見つからないうちに急いで部屋を出ようとした。

その時突然、床の上に投げ出されたボロボロのリズの芽が白く淡い光を放った。

「何⁉」

小さな悲鳴をあげる娘の目の前で、芽がみるみるうちに生気を取り戻していく。

土も水もないのに、根がぴんと張り茎が力強さを取り戻す。色あざやかな葉が何枚も姿をあらわし、みずみずしさであふれかえる姿はまるで魔法のようだった。

「どうして……！」

目を見開き、娘があえぐようにわめく。我を失ったように走っていって芽をつかむと、もう一度茎を折った。何度も何度も憑《と》りつかれたように折る。

ところが娘をあざ笑うように、芽はまた白く光り出し、あっという間に折られた箇所が元通りになっていった。

「何なのよ、これ……」

青ざめる娘の視界に、戸口に立つ人影が映った。娘を候補として連れてきた上級神官だ。上級神官は今まで見た事もないほど厳しい顔つきをしていた。

「残念だよ」

頬をゆがめて立ちすくむ娘に、上級神官が冷たい声でそう告げた。


第二神殿の裏庭では、ロイドがリズに話の続きを聞いていた。

「他の候補者たちが芽をむしろうとしても大丈夫だ、って何で言い切れるんだ？」

「試しに、前にむしってみたんですよ」

ロイドが驚愕の表情になった。

「むしった？　自分で、自分の芽を⁉　現聖女様から与えられた、聖なる種から生えた、聖なる芽だよ⁉　それをむしった⁉」

リズは慌てて言った。

「根っこからじゃないですよ、さすがに。葉を数枚だけです。そうしたら、すぐに元通りに生えてきました。だから、まあそんな事されないのが一番ですけど、多少の事は大丈夫かな、と」

ロイドは呆気に取られていたが、やがてこらえきれないといったように笑い出した。

「いいね。本当に、おもしろいよ。あ、もう一つ質問。鉢ごと盗まれたらどうするつもりだったんだ？」

「そのために上級神官が候補者たちの近くにいるんでしょう？　あれってある意味、見張りですよね？　神殿に連れてきたら役目は終わりのはずなのに、上級神官たちは皆この第二神殿にとどまっていますし。ロイドさんだって、ずっと私の近くにいるし」

「まあ、それは……」

ロイドが珍しく言葉をにごし、急いで続けた。

「あの種は、候補者たち自身が持つ聖なる力によって芽を出すんだ。力が足りなければ芽は出ない。だから前に僕に聞きにきたけど、土や水や、いわゆる何に植えるかは関係ないよ。まあ自分の持つ力に一番合う入れ物を見いだすのも、大事な素質の一つではあるんだろうけど。あくまで候補者自身の力によるものだ。だから他の者が、どうこうできる事は何もない」

（そうなんだ……）

リズは唇を噛みしめた。それじゃあクレアのためにできる事はないのだ。最初から、なかったのか。

クレアの優しい笑顔が浮かんだ。

（無力だな）

なんて無力なんだろう――。

途方もない悔しさを噛みしめてひたすら夜空を仰《あお》ぐリズに、壁にもたれ腕を組んだロイドが聞いてきた。

「何で、あのクレアって子にそこまで入れ込むんだ？」

どうしてだろう。ユージンの子孫だからか。それともクレアは関係ないのに、ただ子孫というだけで前世のユージンを思い出してしまい、一瞬でも二人を重ねて見てしまった事への罪滅ぼしだろうか。

（違う）

「――きれいだって言ってくれたんですよ。私の髪と目の色を」

黒髪黒目が当然の候補者たちの中で、明らかに異端のリズを最初から受け入れてくれた。ほめてくれた。とても嬉しかったのだ。だから力になりたかった。

「そうか」とつぶやいたロイドも同じく夜空を見上げた。

今夜はほとんど星がない。それが無性に悲しくて、真っ黒な空にリズは必死で輝く星を探した。

空を見上げていた神官ロイドが「そういえば」と思い出したようにリズを見た。

「クレアといえば、あの指輪。あの土の中から掘り出した指輪、キーファ殿下が持って行ってしまったけど良かったのか？　まあ元々キーファ殿下の物なんだけど。『勘』でリズにとっても大事なものだと思ったんだろう？」

途端にリズは顔をしかめた。ユージンの結婚相手であるお嬢様がはめていた指輪に似たものだ。

苦い気持ちが胸の中いっぱいに広がった。傷はまだまだ深いのだ。

「いいんです。あんな金の指輪、私にとって大事なものなんて間違いでした」

途端にロイドが眉根を寄せた。

「金？　リズの勘も外れる事があるんだな。確かに青い石がついた指輪だけど、リングの部分は金じゃない、銀色だ。古くてなかば、さびていたけど、確かに銀の指輪だったぞ」

「え？」

どういう事なのか。前世でユージンの結婚相手の――グルド家のお嬢様の指に光っていた指輪はリングが金色だった。夢に見るほど、あざやかに脳裏に焼き付いているのだから確かだ。

それなのに子供の頃のキーファが大事にしていた指輪は銀色だという。

(何だろう……？)

もちろん金色と銀色、たいした違いではない。デザインはそっくりだった。

けれど何かが引っかかる。心に、もやがかかったようで焦る。


今さらながら、キーファ王太子と会った時に言われた「前世にあった事と、今世の君の反応が上手くつながらない。互いに思い違いをしているんじゃないか」との言葉を思い出した。

あの時一度はちゃんと話を聞こうと思ったのに、その後ですぐに指輪を見て気が動転してしまい、キーファを拒否して逃げてきてしまった。

(ちゃんと話を聞けば良かった)

ムクムクと後悔が沸き起こった。

いつも、こうだ。恋人だったユージンの事がからむと冷静でいられなくなる。

前世の事はリズの心をそれだけ大きく占めている。引き抜こうとしても決して抜けない太い杭《くい》のように。

思わず自嘲した。

（悔しいからだろうな……）

ユージンに裏切られたのに、捨てられたのに、セシルは——前世の自分は、死ぬまでユージンを想い続けた。想い続けて一人きりで死んだ。

それをバカな事だと思うのは今世のリズだ。ふざけた人生だった、何てもったいない事をしたんだと情けなくなるくらいに。

それなのに今世のリズもまた、ユージンの生まれ変わりであるキーファに会ったら、キーファの中にいる自分を探してしまった。

いるはずがないのに、自分は捨てられたのに、まだ恋人の心の中に少しでも自分が残っている事を願ってしまった。

最悪だ。自分が情けなくて、みじめでたまらない。

——でももし、そうじゃなかったとしたら？

リズが前世で起こったと思っている事と、事実が、少しでも違ったら？

ユージンの心の中にほんの少しでもいい、セシルがいたのだとしたら――。

考えると、たまらなくなった。

思えば前世での事を「勘」で見ようとした事は一度や二度ではない。いつも心にあったのだから。けれど一度として何かが見えた事はない。雑念が、心の痛みが邪魔をした。

キーファに会ってちゃんと確かめよう。

リズはきっぱりと顔を上げた。

確かめたうえで、リズの思っている前世と変わらなかったとしたら、今以上に後悔するはめになるだろうけれど。その確率の方が高いかもしれないけれど。

それでもいい。ちゃんと確かめよう。

赤い目に力を込めて、リズはそう決心した。

「ロイドさん！　キーファ殿下に会いたいんですが、どうやったら会えますか？」

「は？　いきなりだね」

「誰に頼めばいいんでしょう？　神官長ですか？」

「まあ神官長なら話を通してくれると思うけど、今夜はもう無理だろ。明日の朝、一回目の選定が終わったら伝えておくよ」

「お願いします。忘れないでくださいね」

「……わかった」

珍しくグイグイくるリズに圧倒されたようにうなずいたロイドは「本当にキーファ殿下がからむと別人だな」と、ぼやいている。

「じゃあ部屋に戻ります」

ロイドに言い残し、走って部屋に戻ったリズは、しかしドアを開けた瞬間息を呑んだ。

「何、これ……?」

割れた植木鉢の破片と土が床に散乱し、井戸水をくんで置いておいた壺も倒れて、じゅうたんが水浸しになっている。

そして部屋の中央には、鉢も土もないのに床にぴんと根を張って、青々とした短い枝と葉を自由に広げている聖なる芽が、すっくと立っていたからである。


朝がやってきた。外はあいにくの雨だ。

第二神殿内の広間には、聖女候補者と神官たちが集まってきていた。

芽が出て姿を見せた候補者たちは、三十人ほどいた中のわずか十二人だった。発芽した植木鉢やら壺やらを大切そうに持ち、みな誇らしげな顔をしている。

その中には、ひそひそ三人娘のうちの一人と、あのいかにも上流貴族の令嬢もいた。

リズは鉢が粉々に割れてしまっていたので、芽を小脇に抱えて持ってきていた。何しろ、もう芽とは呼べないくらい――リズの腰ほどの高さまで――成長していたからである。

根がむき出しの聖なる植物を、まるで荷物のように脇に抱えて広間にあらわれたリズに、候補たちが目をむいた。

「ちょっと何してるのよ⁉」

「何って、植木鉢が割れてたから」

「だからって、その持ち方はないでしょう⁉　聖なる芽なのよ⁉」

「いや、だって他に持ち方がない……あ、肩にかついでくれば――？」

「違うから‼」

「元気がいいのう」と神官長が笑いながら入ってきた。

候補たちはピタリと口を閉じて、深く礼をする。

候補たちの芽は形も大きさも様々だった。色はさすがに赤や青といったものはないが、形と大きさは本当に人それぞれだ。

十二人中一番端にいたリズのところへ、まずやって来た神官長は、にこやかな笑みを消して、

「これはまた……」

と絶句している。

他の候補たちの芽はその名の通り「芽」であるのに、リズのはすでに「芽」と呼べるものではない。

腰くらいの高さまで成長したそれは、太い茎とたくさんの葉がわさわさと繁《しげ》っている。そして白い根がむき出しになっている。はっきりと異様だ。

神官長はその異様な芽と、無表情で見返してくるアルビノ娘とを何度も見比べて「ほほう」と、つぶやいた。

何か感銘を受けたかのように何度もうなずいているが、きっと他にかける言葉がないからだろう。

「ほほう、ほほう」とうなずきながら、順番に十二人の聖なる芽を見ていく。

みな小さな二枚の葉が顔を出していたり、ひょろりとした柔らかそうな茎がちょこんと土の上に出ていて可愛らしい。

（私のとだいぶ違う）

リズはちょっとだけ落ち込んだ。

最後は五十代後半くらいの最年長の女性だった。

彼女の芽を見てリズはちょっと安心した。

リズのものとまではいかないが、けっこう大きく、細かい緑色の葉がわさわさと何枚も重なっていて、他の候補たちのものよりリズに近かったからだ。

ところが足を止めた神官長が、途端に厳しい顔つきになった。そして静かに、冷たいともとれる声音で告げた。

「これは本気かね？　それとも私を試しているだけかね？」

途端に最年長の顔が真っ赤になった。

体を震わせ「申し訳ありませんでした」と蚊《か》の鳴くような声で謝ると、深々と頭を下げた。そして逃げるように広間を出て行った。

「何なの？　あの候補は失格って事？　どうしてよ？」

「ちゃんと芽が出ていたじゃないの」

候補たちはわけがわからないようで顔を見合わせてざわめいている。

（何で？）

リズも、ぽかんとなった。

興味なさそうな顔で壁にもたれて腕組みをしていた神官ロイドが言った。

「あれは、にんじんだ。聖なる芽じゃなくて、ただのにんじんの芽だよ」

どうしても聖なる芽が出ないから、畑のにんじんの芽をこっそりと植え替えたのだろう。必死なのだ、気持ちはわからないでもない。

だが、にんじんかい！　と、その場にいた者はみな心の中で突っ込んだはずだ。

「ご苦労だった。ここにいる十一人を、第一回目選定の合格者とする」

神官長がおごそかに告げて、第一回目の選定が終わった。

リズは、ためらいがちにクレアの部屋のドアをノックした。

「リズ、来てくれたの」

笑顔で出迎えてくれたクレアの部屋はきれいに片付いていて、テーブルのわきには荷造りが終わりパンパンにふくらんだカバンが置かれている。

「これから家に帰るわ。リズは選定に受かったわよね？　良かった！　私、離れてもずっと応援してるから。嫌だ、そんな顔しないで」

泣きそうになり慌てて下を向いたリズをなぐさめたクレアは、ちょっと考えるように天井をあおぎ、それから決心したように口を開いた。

「あのね、リズ。突然、変な事を言い出すようだけど。リズに関係あるのか、よくわからないんだけど。……何でだろう、伝えなくちゃいけない気がするの。私のご先祖の、ユージン・ハワードの事を」

「ユージン……の事？」

思ってもみない言葉に返す声がかすれた。心臓が早鐘を打ち始める。

クレアの口から、なぜユージンの名前が出てくる？　五百年も前の先祖の事なのに。

「これを見て欲しいの」

クレアがカバンから何か小さい物を取り出して、リズに差し出した。

「うちのハワード家に代々伝わる物なの。ユージン・ハワードが生涯、大切に持っていた物なんだって」

クレアが差し出したのは指輪だった。青い石がついた銀色の指輪。

見た瞬間、胸が締め付けられるように苦しくなった。のどの奥が小刻みに震える。まさかという期待感と、あり得ないと否定する気持ちが入り混じる。

（嘘。でも、もしかして……）

この石の色。明るい早朝のような爽《さわ》やかな青。

これはセシルの目の色だ。前世で毎日、鏡越しに見ていた自分の目の色とそっくり同じだった。

震える手で銀のリングの内側を見てみれば、刻まれた文字は確かに「セシルへ」。

（夢じゃない？）

けれど現実だという証拠に、手の中で指輪は確かな存在感を示している。

（何で？　何で、どうして……？）

真っ白になる頭の中で疑問だけが次々とわき起こる。

前世でユージンがハワード家へ行ってしまう前、セシルに告げた言葉がよみがえった。


『戻ったら指輪を贈るよ。セシルの目の色と同じ、青い石の付いた指輪をね』――。


（用意してくれてたんだ……）

結婚相手のために贈る指輪を。愛しい相手に贈るための指輪を――。

胸が痛いくらい締め付けられる。涙がこぼれ落ちた。

ユージンは他の人と結婚したがセシルを忘れてはいなかった。ユージンの心の中には、ほんの少しだけでも確かにセシルがいたのだ。それだけでも神様に感謝したくなるくらい、嬉しくてたまらなかった。

壊れ物のように両手のひらで指輪を大事に大事に包み込み、嗚咽《おえつ》をもらすリズに、クレアが驚いたように目を見開いた。それから安心したように微笑んだ。

「良かった。やっぱりリズに話すべき事だったんだ。この指輪は、普段は両親の寝室の棚に仕舞ってあって決して表には出さないの。家族以外の誰も知らないし。

私は魔力持ちだけど、たいした魔法は何も使えないって前に話したでしょう？　でも今回、聖女候補者として神殿に呼ばれて……おかしな話なんだけど、この指輪を持ってこないといけない気がしたの」

クレアが頬を染めて誇らしげに笑う。

まるで生まれて初めて自分の魔力が役に立った、という風に。

「この指輪の持ち主はユージンだけど、指輪を後世まで残して欲しいと言ったのは、ユージンの息子のテオ・ハワード。ユージンはこの指輪は自分と一緒に墓に埋めて欲しいと頼んだらしいけど、息子のテオはそうしなかった。テオは自分の子供たち――ユージンの孫よね――に、こう言い残したそうよ。

『何百年先かはわからない。けれど、いつか必ずこの指輪を渡さなければいけない人が現れる。だから絶対に指輪を手放してはならない』

テオ・ハワードも黒髪黒目の魔力持ちだった。まあ私と一緒で、あまり役に立たない魔力持ちだったと伝えられているけど。確かな魔力があったんだわ」

クレアが遠い昔に聞いた事を思い出すように、ゆっくりと話す。

リズは心が一杯でなかなか言葉にならず、やっとの事でかすれ声が出た。

「……ユージンにはテオという男の子が生まれて、幸せに暮らしたのね」

ユージンは良い息子と孫たちに囲まれて幸せな人生を送った。もちろん悔しい気持ちも悲しい気持ちもある。不公平だと恨む気持ちも奥底にはある。

けれど、ユージンが幸せそうで良かった。

前世の自分が――セシルが死ぬまで愛し続けた相手が幸せで良かった。

涙をぬぐいながら微笑むリズの前で、クレアが首を横に振った。

「違う。テオはユージンの本当の子供じゃないの。遠縁の子で、養子として引き取られたんだって」

リズはゆっくりと目を見開いた。心臓が小さく跳ねた気がした。

クレアが続ける。

「ユージン・ハワードは一度も結婚しなかった。生涯、独身だった。恋人に裏切られて、でもその恋人が忘れられなかったとか何とか。昔、ひいおばあちゃんから聞いた事だから本当かはわからない。でも貴族って何より血統を重んじるから、当時は結婚しない事にものすごく反対されたそうだけど、ユージンは頑として首を縦に振らなかったそうよ」

（……何？　どういう事？）

考えがついていかない。頭の芯《しん》がしびれたように上手く動かない。

ユージンはあのグルド家のお嬢様――セシルを冷たく見下したあの令嬢と結婚したのではなかったのか。

だってハワード家の執事はセシルにそう告げたではないか。お嬢様もそう言っていたではないか。

(嘘だったの?)

ユージンはあのお嬢様と結婚しなかったのか。結婚せずにハワード家を継いだのか。でもそれなら、このセシル宛ての指輪の説明がつかない。セシルの事を忘れていなかったのなら、生涯大事にするほど愛していたのなら、一度でも会いに来るか手紙をくれてもいいはずだ。

でもセシルの許へは帰って来なかった。手紙さえ一通もこなかった。

セシルはハワード家へ行ってからすぐに流行《はや》り病《やまい》にかかり、あっという間に亡くなってしまったけれど、それまではずっとユージンと暮らしていたあの集合住宅の一室にいたのだから。

それに「恋人に裏切られた」とは何だ? セシルは裏切ってなどいない。むしろユージンに裏切られてからも、ずっとユージンを想っていた。どういう事だ?

混乱するリズの前で、クレアが思い出したように小さく笑った。

「その指輪ね、絶対に手放すなと言われたけど、この五百年の間に何度か売ってしまおうと考えた事があるそうよ。まずは二百年前に没落してハワード家が平民になった時。それほど高価な指輪ではないけど、売れる物はゴミでも何でも全て売ったと聞いたから。

もう一度は今から十年くらい前、私が七、八歳の時。私の父親は庭師なんだけど、知り合いの男にだまされて多額の借金を背負ってしまったの。両親は口にしなかったけど、たぶん私や他の兄弟たちを売らなければいけないくらい切羽《せっぱ》詰まったらしい。もうダメだ、一家心中しかないと決めた矢先、頬に傷跡のある黒いマント姿の二十代半ばくらいの若者がね、颯爽《さっそう》と現れて、あれよあれよという間に危機を救ってくれたらしいの」

興奮したように続ける。

「借金は全てきれいに消えて、父をだました知り合いの男は二度と姿を見せなかったって。あのマントの恩人がどこの誰なのか両親も知らなくて、捜したんだけど結局わからなくて。でも私たち家族は、今でもあの人に深く感謝してる。

ごめん、話がそれたけど、それ以外にもチラホラと手放そうかと思った事があったと聞くわ。でもリズにとって、とても大事な物なのね。テオ・ハワードが言った『いつか現れる、渡さなければいけない人』ってリズの事だったんだ。ご先祖たちが手放さずにいてくれて本当に良かった」

渡せて良かったと満足そうに微笑む。

リズは大きくうなずいた。

「ずっと、とらわれていた迷いを解いてくれるような、とても大事な物。ありがとう、クレア。本当にありがとう……」

胸が一杯で、かすれ声しか出ない。

「そんな——私の両親は、私がずっと魔力持ちが負担だと悩んでいたのを知っていたから、今回候補者として選ばれた時、ものすごく喜んでくれたの。やっぱり魔力持ちで生まれてきた事には大きな意味があったんだって。でも聖なる芽が出なくてダメだったから……正直、心が重かった。どういう顔で両親に会えばいいのかわからなくて。でも指輪の事でリズの役に立てた。私の魔力は無駄じゃなかった。私、胸を張って家に帰れるわ」

晴れやかな笑みを浮かべるクレアに、リズは言葉にならず、何度も何度もうなずいた。

二人同時に席を立つ。と、クレアが申し訳なさそうな顔になった。

「指輪は渡せたけど、ご先祖のユージンの話は私が子供の頃に、昔話としてひいおばあちゃんたちから聞いただけだから、あいまいな部分も多いの。ごめんね」

「充分だよ」

リズは笑って首を横に振った。それに――。

「大丈夫」

朝から降り続いていた雨は、いつの間にかやんでいた。窓から明るい太陽の光が差し込んでくる。

リズは指輪をしっかりと握りしめ、輝く赤い目に力を込めて笑った。

「詳しく知っている人に、今から会いに行くから」


リズは走った。第二神殿内の長い廊下を、前を見てひたすら走った。

ついさっき神官ロイドが言っていたのだ。

「神官長に話を通してもらったよ。キーファ殿下が、この前会った広間の前の廊下、その突き当たりで待つとさ」

「ありがとうございます！」

「えらく張り切ってるな……あれ、その指輪？」

リズの手にあるクレアからもらった指輪を見て、ロイドが驚いたように指差した。

「地中に埋まっていた――キーファ殿下の持っていた、さびた指輪にそっくりだ。うん、あの古い指輪からさびを落としたら、まさに、それ」

「そうですか」

キーファが子供の頃に大事に持っていたという指輪は、あのグルド家のお嬢様が着けていた金の指輪ではなく、セシルに宛てた銀の指輪に似ていた物だった――。

リズは改めて指輪を握りしめた。

詳しい事はよくわからない。五百年前の真実も、ユージンが何を考えていたのかも。

けれど嬉しい。ユージンの心の中に少しでもセシルがいた事が、ずっと願っていた事が叶った事実が何より嬉しくてたまらない。

リズは笑った。

「行ってきます、ロイドさん」

「お？　おお……行ってらっしゃい」

ロイドが訳がわからないという顔をしながらも小さく笑った。

約束の場所に、すでにキーファは来ていた。

リズの気配を感じたのか、ためらいがちにゆっくりと振り向き、そして一心不乱に走ってくるその姿にギョッとしたように目を見張った。

リズは気にせず、息を切らしながら「これ!」と指輪を差し出した。

途端にキーファが驚愕の面持《おもも》ちで固まり、まるで夢を見ているように呆然と口を開いた。

「これは……どうして、ここにあるんだ? 何で君が持って……俺の墓に一緒に埋葬《まいそう》してもらったはずなのに」

「埋葬しなかった。テオ・ハワードが残して代々伝わり、今のハワード家の子孫が私にくれたの」

キーファが目を見開く。

「今の……ひょっとしてクレアか?」

リズは驚いた。

「クレアを知ってるの?」

「名前だけ。直接会った事はない。候補者として神殿にいるとは聞いていたが」

そして熱に浮かされた様に「そうだったのか、テオが……」とつぶやいた。

「テオ・ハワードは、いつか絶対にこの指輪を渡さなければいけない人が現れる。だからそれまで絶対に手放すなと、そう言い残したそうよ」

リズの言葉に、キーファの目がなつかしそうにうるんだ。

「そうか……テオの奴、魔力持ちなのにろくな魔法が使えないといつも泣いていて、そのたびになぐさめたものだが。何だ、ちゃんと……立派な魔法が使えたじゃないか」

指輪を見ながら、うるむ目で、しかし嬉しそうに笑う姿は確かに父親のものだった。

リズの――セシルの知らないユージンの顔だ。その事に少しだけ胸が痛み、リズはささやくように言った。

「テオはユージンの息子なんでしょう？　養子だった、と」

「ああ、そうだ」

「ユージンは生涯、誰とも結婚しなかったとも聞いたけど」

「……ああ、その通りだ」

キーファはリズから顔をそむけて、うなずいた。リズはキーファの横顔を見つめた。

まるで何かを隠したがっているように頬が引きつっている。

リズは慎重に告げた。

「その指輪は私に――セシルにくれようとしたのよね？　どうして？　私、ユージンはあのグルド家のお嬢様と結婚したんだと思ってた」

途端にキーファが顔をゆがめた。

「何を言っているんだ？　他の男と結婚したのは君の方だろう」

（は？）

「何を言ってるの？　セシルは結婚なんてしてない」

当然だという思いを込めて言い返すと、キーファが小さく目を見張った。

まさかと疑う気持ちより、心底嬉しいと思う気持ちの方が勝《まさ》ったというように頬が輝いたが、それは一瞬の出来事だった。すぐさま自分をいましめるように唇を噛みしめ、低い声で言った。

「嘘はつかなくていい。君から手紙がきて、信じられなくて実際に君に確かめに行った。でも、あの集合住宅に君はいなくて部屋もからっぽで、方々《ほうぼう》捜したけれど見つからなかった。そうしたら君が母親のように慕っていた大家のおばさんが、セシルは他の男と結婚して部屋を出て行ったと教えてくれたんだ」

（はあ？）

ぽかんとなるしかない。だって意味がわからない。

セシルは手紙なんて出していない。

階下に住む大家のおばさんとは確かに親しくしていた。とても優しいお人好《よ》しのおばさんで、親のいないセシルにまるで母親のように良くしてくれた。ユージンがハワード家に行ってしまってからも、帰ってこないと泣くセシルをなぐさめてくれたし、流行り病にかかってからは親身に見舞いにも来てくれた。

それなのにユージンに嘘をついた？　なぜだ？

「よくわからないけど……とにかくセシルは誰とも結婚してない。結婚なんてできない。あの後、ユージンがハワード家に行ってからしばらくして流行り病で死んだもの」

「え？」とキーファが聞き返す。その口調から表情から、本当に初耳なのだとわかった。

キーファが目をしばたかせながら、ゆっくりと口元を片手でおおう。真っ白になった頭の中で必死に考えをまとめているように見えた。

（手が大きいな。指も長い）

関係ない事を考えるリズに、キーファの視線が戻ってきた。整った顔立ちが、まるで別人のように青ざめている。

「死んだ？　セシルが、あの後すぐに……」

「まあね……」

リズは顔をそらした。

リズを見つめるキーファの顔があまりにも哀れで、あまりにも悲しげで見ていられなかったからだ。

「じゃあ俺が会いに行った時には、君はもう……。だから部屋がからっぽで荷物も何もなくて、君の姿もなかった――」

フラフラと力を失ったように壁にもたれ、一瞬で老けたようにさえ見える目元を、真摯《しんし》にリズに向けてきた。多大なショックを受けながらも必死にまっすぐ向き合おうとしているように見えた。

「――で死んだのか？」

「え？」

うめくようなかすれ声は、よく聞き取れなかった。

「一人で死んだのか……？」

リズは息を呑んだ。これはユージンだ。そう、わかった。ユージンに聞かれているのだと。

言葉が出ない。凍りついたように固まるリズの姿は、何よりも雄弁に肯定の意を示していたのだろう。

「嘘だろう……」

キーファがうめき声を上げながら両手で頭をおおった。もたれていた壁に沿って、その場にズルズルと座り込む。

「何がどうなっているんだ。俺は何て事を……」

微動だにしない姿から、リズは視線を外し窓の外を見た。

廊下の壁に等間隔に並ぶ大きな窓からは、あふれんばかりの緑が光を受けてキラキラと輝いて見える。それと、キーファの姿は何て違うのだろう。

ユージンはセシルが他の男と結婚したと思っていたのか。そしてユージンを捨てたと。

互いが互いに捨てられた、裏切られたと勘違いしていたのだ。

そして勘違いしてもなお、互いが互いの事を想い続けていたというのか。

(皮肉だな)

リズはキーファに視線を戻した。まるで傷だらけで血まみれで満身創痍《まんしんそうい》のようなその姿は、あとほんの一刺しで倒れてしまいそうだ。

なるべく刺激しないように静かに聞いた。

「前に言ったよね？　私たちは互いに思い違いをしているんじゃないかって。その通りだった。でも、まだわからない事がある。聞かせてよ、ユージンに起こった事を」

リズの、そしてセシルの知らない五百年前の事実を。

その言葉に応《こた》えるように、キーファがゆっくりと顔を上げて話し始めた。

6　五百年前の真実

――「ハワード家へ行ってくるよ。大丈夫、すぐに帰ってくるから」

セシルに笑って言い残し、ハワード家の使いの者に案内されて立派な屋敷の門をくぐる時まで、ユージンにはまるで現実味がなかった。

一つにはずっと平民として生きてきた自分が実は貴族だったなんて、ちゃんちゃらおかしいし、もう一つにはユージンにはハワード家の跡継ぎになる気など、これっぽっちもなかったからである。

ハワード家へやって来たのは、ずっと知りたいと思っていた実の父親の顔を見るため、それと恋人のセシルに贈る指輪を買うためだった。

この時代、王都内といえど、ちょっと良い宝石店に平民であるユージンが入って行っても相手にしてもらえない。平民相手の宝石売りといえば露天商のまがい物くらいだ。

だが貴族の屋敷になら、ひいきの宝石商人がやって来る。渡りに船だ。「これしかない！」と思った。

このアストリア国では昔から結婚相手の女性に贈る指輪は、その女性の目の色と同じ色の石が付いた物だと生涯幸せになれると言われている。

セシルは物静かで優しくて控えめで、とても思いやりのある女性だった。貧乏な暮らしだったけれど文句なんて一言も言わず、いつも隣で優しく微笑んでくれる。

郊外の養護施設育ちで、親もいないユージンに世間から向けられる目は決して温かいものではなかったけれど、セシルといれば耐えられた。

生まれて初めて自分は幸せだと、そう思えた。

だから自分ができる限りの最高の指輪を贈りたかった。

セシルの喜ぶ顔が見たい。それだけだった。


「君がユージンか……」

初めて会った父親——ハワード家の現当主は、聞いていた年齢よりもかなり老けて見えた。

それもそのはず、一年前に妻を、そして半年前にユージンの腹違いの兄にあたる一人息子を亡くしてから寝たきりになり、もう長くない命だという。

「すまない。君には謝る事しかできない。本来なら顔を見る事さえかなわない立場なのに、こうして君に会えて話せた。心から感謝している。最期《さいご》に良い夢を見られたよ。ありがとう」

生気のとぼしい目に涙を浮かべて弱々しく微笑む。

ユージンは呆気にとられた。相手は貴族だ。どんな傲慢《ごうまん》な態度をとられるのかと覚悟していたのに。

「本来なら私から会いに行くのが道理だが、私はもう起き上がる事もできないんだ。呼び出してしまってすまない」

「……俺は跡継ぎになる気はありませんよ」

「ああ。構わない」

あっさりと肯定されて、ますますぽかんとなってしまった。

詰め寄られたら積年の恨みを込めて殴って逃げようなどと考えていたのに、跡継ぎになる必要はないという。

いぶかしげな顔になるユージンに、父親のこけた頬がゆるんだ。

「使いの者が言ったんだな。私はそんな事は考えていないよ。本音を言えば、君に後を継いでもらいたいが――。十八年間、君を放っておいたんだ。そんな虫のいい事は考えていない。遠縁の親戚にテオという男の子がいる。その子を養子にもらおうと準備しているところだ」

「……だったら、なぜ俺を呼んだんです？」

「私はもう長くない、最期に一目、君の顔を見たかったんだ。今まで本当にすまなかった。ミア――亡くなった君の母親によく似ている。ありがとう。もうこれで思い残す事はないよ」

青白い頬に感謝を込めて微笑む父親に、ちょっと心が動きそうになって、ユージンは慌てて気を引き締めた。

つい先日ハワード家の使いの者から初めて父親の事を聞いた時、浮かんだ素直な感情は「怒り」だった。自分と母親を捨て十八年間放っておいたのに、今さら後を継いでくれだなんて勝手すぎる。

ヘドが出る程だ。

きっと傲慢な態度で接してくるだろうから、言い返して罵倒《ばとう》してやろうと思っていたのに。

ユージンは複雑な気持ちで天井をあおいだ。これでは怒りの持って行きようがないじゃないか。

と突然、父親が苦しそうにうめき始めた。

「旦那様！」

筆頭執事が部屋に飛び込んできた。手際よく薬を飲ませ、慌てて駆けつけたメイドたちに素早く指示を出す。ユージンが壁際でひたすら呆然としている間に、医者の処置により父親は穏やかな呼吸を取り戻して眠りについた。

「ユージン様、少しよろしいですか？」

執事に誘われてユージンは部屋の外へと出た。


筆頭執事のバウアーは、ハワード家に勤めてすでに三十年以上という事だった。昔、孤児で道端に倒れて餓死寸前のところを、ユージンの父親に助けられたという。

「執事である私が申しましても、信じて頂けないかとは思いますが、旦那様は素晴らしい方です。あの時旦那様に助けて頂かなかったら、私は道端でゴミのように死んでおりました。命の恩人です」

（そんな事を言われても……。孤児だった俺は放っておかれたわけだし）

わき上がった反発心がユージンの顔にそのまま書いてあったようで、執事が小さく微笑んだ。そして言おうか言うまいか悩むように視線をそらせ、やがてゆっくりと口を開いた。

「ユージン様の母親は、この屋敷のメイドでした。私も一緒に働いておりましたから知っております。彼女は妊娠した事を誰にも告げずに出て行きました。そして出て行く時に、寝室の棚にあった、わずかですが現金と奥様の宝石類を盗んでいったのです」

(……⁉)

はじかれたように顔を上げたユージンを、執事が静かに見すえた。

「使用人の窃盗《せっとう》は死罪です。ですが旦那様は彼女を追及しませんでした。あれは慰謝料代わりだ、だからお前たちも他言無用だと、事情を知る私たち数人に口止め致しました。ですから私どもは努《つと》めて彼女を――ユージン様の母親を忘れるように、こころがけたのです。幸か不幸か、王都を出たようでしたので。ですからユージン様を見つけるのがこんなにも遅くなってしまいました。お許し下さい」

深々と頭を下げる執事に、ユージンは何も言い返せなかった。本当か嘘かなんて、今となってはわからないのだから。

それでも負い目ができてしまった。母親は犯罪者かもしれないのだ。

顔がこわばるユージンに、執事が真剣な顔でますます深く頭を下げた。

「お願いがございます。旦那様はもう長くはないのです。医者にもそう言われました。実は奥様とご子息を次々に亡くして以来、旦那様の笑顔を見たのは久しぶりなのでございます。あんなに喜ぶ顔を見るのは……。ユージン様、もう少しだけ旦那様のおそばにいて頂けませんか？　どうかどうか、お願いいたします」

ユージンには断る事などできなかった。

足取りの重いユージンに屋敷内を案内しながら、執事が言った。

「感謝いたします。ご入り用の物があれば、何なりとお申し付け下さい」

「——指輪が欲しいんです。貴族の屋敷には良い宝石商人が来ると聞いて。あまり金は持ってないんですけど、小さくても良いので本物の石が付いた指輪が欲しいんです」

「それは、もしや一緒に暮らしている恋人に贈る結婚指輪ですか？」

「ええ、まあ」

顔をそむけつつも照れるユージンは、執事の表情がほんの一瞬だけ厳しくなった事に気付かなかった。

執事はすぐさま、にこやかな笑みを浮かべた。

「そうですか、おめでとうございます。しかし残念な事に、出入りの宝石商人はつい最近来たばかりなので、しばらくは来ないかと。なるべく早く来るように言っておきますので、もうしばらくこの屋敷でお待ち下さい。この宝石商人は王都内でも非常に人気があります。恋人の方はきっと喜んでくれますよ」

セシルには手紙を書いた。

『跡継ぎにはならないが、父親の命が残りわずかとの事。すまないが、もうしばらくここにいて、そしてセシルへの青い石のついた指輪を買ってから帰る』と。

執事に言われハワード家の使いの者に渡すと、しばらくしてセシルからの返事を持ってきた。確かに見慣れたセシルの字だった。

『わかった、ゆっくりしてくるといい。指輪を楽しみに待っている』との内容だった。

ユージンはホッと息をついて、セシルを感じ取るかのように、何度も何度も手紙を読み返した。

執事はさらに「こちらのわがままで屋敷にいてもらっているのだから、お金を払う」と言ってきた。丁寧に辞退したが、確かにユージンは今仕事に行っていないし、提示された金額はユージンの給料の、優に三倍はあった。セシルに楽をさせてやれると思い、セシルに届けてくれと頼んだ。

すぐに『お金をありがとう』と手紙がきた。『こちらは大丈夫。ゆっくりお父さんを看病してあげて。指輪を楽しみにしている』と。

良かった。喜んでくれていると安心した。

父親の容体は悪いまま、セシルと離れて三十日が過ぎた。やっと宝石商人がやって来て、ユージンはワクワクしながら指輪を選んだ。

「これにするよ」

高価なものではないけれど、セシルの目の色と全く同じ、早朝の空のような爽やかな青色の石が付いた指輪だった。

すると満面の笑みを浮かべていた商人が視線を壁際へやった途端、顔をこわばらせた。

「——申し訳ありません。この指輪は少し傷があるようで。もうしばらく待って頂けませんか？　そうすれば、これと同じきれいな指輪をお持ちしますので」

肩を落とすユージンの背後で、壁際に立っていた執事が小さく微笑んだ。


ハワード家の領内を治めるグルド家のお嬢様も、ちょくちょく父親の見舞いにやって来た。

実は初めて門の前で会った時、ユージンの立ち居振る舞いからお嬢様に使用人扱いされたのだ。

その後でユージンが当主の血を引くとわかったお嬢様は、態度をころっと変えてすり寄って来たけれど
(何だ、この女。うっとうしい)

そうとしか思わなかった。執事は事あるごとにお嬢様の株を上げるように絶賛したが、ユージンにはどこがいいのか全くわからなかった。

ハワード家の他の使用人たちに対する偉そうな態度と、横暴なふるまいを見ていればわかる。

きれいなのは着ているドレスだけだ。内面は全く違う。優しくて思いやりのあるセシルとは比べ物にならない。

そうした気持ちが、そのまま顔と態度に出ていたのだろう。お嬢様はプライドを傷つけられたのか真っ赤な顔で「こんな物いらないわよ！」と、はめていた指輪を投げつけてきた。

「こんな物で私の気を引けるなんて考えないでちょうだい！　執事を通してしか私に渡せないくせに！」

意味がわからない。

セシルに贈ろうとしている指輪に似ているが、リングの部分が金色で、もっと濃い青の石が付いた指輪だった。

とりあえず「いらないそうですよ。俺もいりませんけど」と執事に渡した。

「……ありがとうございます」と受け取りながら、複雑な面持ちになる執事を見たのは初めてだった。

セシルとは何通か手紙をやり取りした。

しかし会いに行こうとすると、見計らったように断りの手紙がくる。『大家のおばさんの姪《めい》に双子の赤ん坊が生まれて、その世話を手伝っているので忙しい。だから自分も会いたいが、またにしてもらえないか』と。そんな内容だった。

（仕方ないよな……）

セシルは人に頼まれると多少の無茶をしてでも助けてあげようとする性格だ。そこが好ましくもあり心配な部分でもあるのだが、そんなセシルが無理だというのなら本当に無理なのだと、これまでの付き合いで知っている。

執事から、領地経営やらハワード家の歴史やらも細かく説明された。跡継ぎでもない自分には関係ないじゃないかと思ったが、「給料の範囲内かと」と穏やかにさとされると何も言えず、渋々聞いた。

セシルと離れてから六十日が過ぎ、再び宝石商人がやって来た。

渡された「セシルへ」と刻まれた指輪が、この前見た物とどこが違うのか全くわからなかったが、とりあえず買えたのだ。喜ぶユージンに、商人は愛想もそこそこに、怯えた様子でさっさと屋敷を去って行った。

「セシルに指輪を渡したいので一度帰ります」

執事に告げると、またもやセシルから『今は忙しくて会えない』と手紙が来た。何か変だ。ふと疑問がわき、手紙の内容を無視して帰ろうと荷物をまとめた。

するとまた手紙が届いた。

衝撃的な事に『他の人と結婚します』との内容だった。

世界がひっくり返るかと思った。冗談かと思い何度も読み返すが、その通りで。しかも確かに見慣れたセシルの字なのだ。ユージンは荷物も置いて屋敷を飛び出した。

セシルと一緒に暮らしている部屋は空室になっていた。荷物も何もかもがなくなっていて、もちろんセシルの姿もない。何だ、何が起こったんだ。頭がガンガンした。

とにかくセシルを捜した。どうにかして直接、話がしたかった。

セシルが仲良くしていた階下に住む大家のおばさんは留守で、焦ったユージンは集合住宅の全ての部屋のドアをノックした。けれど答えは皆「他の男と結婚して出て行ったようだ」だった。

元より付き合いのなかった住人もいるけれど、そこそこ親しくしていた人たちもいる。けれど皆、目を合わせないようにすぐさま扉を閉められた。

何だ。何なんだ。訳がわからないままセシルの勤め先へと走った。貴族御用達である仕立て屋の、さらに下請けの工房だ。そこでも同じ反応だった。「誰かと結婚して引っ越して行ったと聞いた」。

そして気まずそうに、さっさと話を切り上げようとする。詳しく聞こうとすると、逃げて行ったり怒ってくる者さえいた。

セシルが近所のパン屋で出会い、友人になったという女性の家へも行ってみたが、会う事はできなかった。隣の家の人が言うには、その友人は「急いで引っ越して行ったみたいだよ。行き先は知らない。王都を出て行くとは言ってたけどね」との事だった。

もちろんパン屋の店員たちも知らなかった。

もとよりセシルも家族はおらず身寄りもない。ユージンは途方に暮れた。

セシルが他の男と結婚しただなんて、ユージンを裏切っただなんて信じられない。セシルがそんな薄情な女性でない事はよく知っている。

それでも、これほど皆が口をそろえて言うのなら本当の事じゃないのか——？　暗い気持ちがゆっくりと心に忍び込んできて、ユージンはそれを追い払うように、急いで首を激しく左右に振った。認められなかった。

どん底まで落ちた心と疲れ切った体を引きずって部屋に戻ると、大家のおばさんがいた。最後の頼みの綱だ。ユージンはすがった。

けれど、おばさんの返事は無情なものだった。

「セシルはもういないよ。他の人と結婚して部屋を出て行ったからね」

「他の人って誰と⁉　お願いです、一度会って話がしたい。どこへ行ったのか教えてください！」

「知らないよ。私に話したらユージンに伝わるだろうと言って、教えてくれなかったんだから。

——でも別にいいじゃないか。あんたは貴族の跡継ぎになるんだろう。平民のセシルとは、もう何の関係もないんだから」

本当だったのか？

床に膝をつき、呆然となるユージンの手から指輪がこぼれ落ちた。石の色からセシルに贈るためのものだとわかったのだろう、大家のおばさんが目をむいた。

「あんた、それ……ひょっとして貴族になるつもりなんてなかったのかい？　あんた、セシルと結婚するつもりで……」

おばさんが言葉に詰まる。様々な感情が一気に噴き出してきて、とても言葉に出来ないという面持ちで体を震わせた。そして、ユージンから逃げるように両手で顔をおおった。

「もう、セシルはいないんだ。お願いだよ、ユージン。私らも生きていかなきゃならないんだ……！　セシルの事は忘れておくれ。もう、あきらめておくれ！」

そして震える手で、セシルから頼まれたという手紙を差し出してきた。見慣れた便せんに見慣れた文字。いつものセシルの手紙だった。

ユージンは祈るような気持ちで手紙を開けた。

だがそこには『自分を想うなら捜さないでくれ。ユージンには悪いと思っているが、自分は新たな幸せをつかんだ。お願いだから邪魔をしないで欲しい。少しでも自分を想ってくれているなら、どうかあきらめてくれ』という事が書かれていた。

（嘘だろう。セシル……）

ユージンは手紙を握りしめ、体を丸めて、むせび泣いた。

ぼろぼろのすり切れた布のようになってハワード家に戻ると、ベッドに横たわる父親から、実は遠縁の子供テオとの養子縁組手続きがうまくいかず、すまないがとりあえずユージンを跡継ぎとして正式な承認を受けたと告げられた。

（どうでもいい……）

耳では聞こえているが頭には入ってこない。そんなユージンを見越したのか、後ろに控えていた執事が小さく微笑んで続けた。

「どうでしょう？　このままハワード家の跡継ぎとして生きてみては。そしてグルド家のご令嬢と結婚なさっては？　恋人だったセシルはユージン様を裏切ったのです。ひどい女です。その傷を癒すためにも、ぜひ」

ユージンは、ぼろぼろだった。満身創痍だったから、執事は何なく丸め込めると思ったのだろう。だから、

「俺はセシル以外の女性と結婚する気はありません」

とユージンが返した時、初めて素の顔になった。何を言われても驚きを表に出さなかった執事が、初めて雷《かみなり》に打たれたように驚愕の表情で固まった。

「……セシルはユージン様を裏切ったのに、ですか？」

「ええ」

心はぼろぼろでも、何も考えられなくても、それはいわば根幹にある、揺るぎない魂の思いのようなものだった。

ぼろ雑巾《ぞうきん》のようなユージンが力なく笑いながらもそう言った事に、初めて執事が顔をゆがめた。

まるで自分の力の及ばない事があるのだと思い知ったように。

父親のこけた頬に、ためらいのような後悔のような色がちらりと浮かんだ。

それからも何度も結婚を勧められたが、ユージンは頑として首を縦に振らなかった。

テオとの養子縁組はユージンが行った。テオが当主の座を得られる年齢になるまで、後見人《こうけんにん》という立場でハワード家の後を継ぐという条件で。

セシルの事は捜せば嫌がるだろうと思いつつも我慢できず、こっそりと生まれ育った故郷や修道院などへも行ってみたりしたが手がかりはなかった。

それからユージンはセシルの事は忘れるよう努めた。ともすれば捜し出して問い詰めたくなる自分を必死に止めた。セシルが捜すなと言ったのだ。頼むから忘れてくれと。

ユージンが悪かったのだ。セシルを置いてハワード家へ行ったから、セシルを不安にさせたから――。

だからせめて、その願いだけでも叶えたかった。自分にできる事はそれくらいしかないのだから。

三年後、父親が亡くなった。医者もあの状態でよく、と驚く程の執念で、苦しみながらの壮絶な最期だった。

テオが当主になれる年までの二年間、ユージンがハワード家の当主になった。途端に父親の近くにいた使用人たちが屋敷をやめていった。大家のおばさんや集合住宅の住人たち、セシルの勤め先の工房主たちも遠くへ引っ越したのか、いなくなっていた。

今思えば——まるでユージンが当主になった事で、当時の嘘がばれて報復されるのを恐れるかのように——。

テオは素直な優しい子だった。親子というよりは年の離れた兄弟のような感じだったが、ユージンによくなついてくれた。ユージンが大事に持っていた指輪に興味津々《しんしん》だった。

それから十年後、ユージンは三十代半ばでその生涯を終えた。

枕元で泣くテオと、すっかり年をとった執事が頭を下げ続けているのを見ながら——。


第二神殿内の廊下で、キーファ王太子からユージンの話を聞き終えたリズは高い天井をあおいだ。

むなしさと胸を突き刺すような悲しみの中で、ふつふつと怒りが込み上げてくる。窓から差し込んでくる明るい日差しでは、なぐさめられそうにもないほど強い怒りだ。

（セシルもユージンも、だまされていたんだ）

ハワード家の執事たちに。

（冗談じゃない。ふざけんな――だわ！）


うおお！　と髪をかきむしりたい衝動にかられるリズの前で、壁に沿って座り込み、両手で頭を抱えていたキーファが悲痛なうめき声をあげた。

「あの手紙は、セシルが書いたものじゃなかったのか……」

愛するセシルのせめてもの願いだと、血を吐くような思いであきらめただろうに、実は嘘だったなんて。そしてだましたのが、ずっとそばにいた執事だったなんて。

ユージンの――キーファの苦痛は、どれ程のものか。

リズはためらいがちに聞いた。

「その執事が、セシルの字に似せて書いたって事？」

「――いや、あれは確かにセシルの字だった。だから筆跡の専門家を雇って偽《にせ》の手紙を書かせたか、それか、そういう能力を持つ魔力持ちを雇ったか、どちらかだと思う」

苦悩しながらも、キーファは必死に頭を働かせているようだ。

そして充血した目で廊下の一点を見つめながら、喉の奥からしぼり出すような低い声でつぶやいた。

「やっとわかった。父は口では俺に――ユージンに後を継ぐ必要はないと言っていたが、本心ではなかった。でも十八年間放っておいたユージンへの負い目から、口に出せずにあきらめていて、だから筆頭執事のバウアーが代わりに実行したんだ。バウアーは父を命の恩人だと言っていたから」

（そういう事か）

セシルたちが住んでいた集合住宅の住人たちや、セシルの仕事場の人たち、そして友人。「セシルは死んだのではなく、他の男と結婚して王都を出て行った」と嘘をつけと、執事が言い含めたのだ。

ユージンがセシルをあきらめて、グルド家のお嬢様と結婚するように。

グルド家はハワード家の領内を治める家だったから、事情のある平民くさいユージンが相手だろうが文句は言えない。お嬢様がつけていた金の指輪も、ユージンからだと嘘を言って執事が渡したものだろう。

そういう意味ではお嬢様も被害者と言えなくもないが、ユージンに振り向いてもらえなかった事で、セシルに暴言を吐き嘘をついた事は許せる事じゃない。

「セシルの勤め先は、貴族御用達の仕立て屋の下請け工房だったな」

キーファがつぶやいた。

「職場の同僚たちも、集合住宅の住人も、名門のハワード家ににらまれたら暮らしていけなくなる……」

リズは、うなずいた。

おそらく急に王都から引っ越して行ったという友人は、執事に反抗したのだろう。だから王都内にいられなくなった。

大家のおばさんも、そうだ。手紙に書かれていたという「姪に双子の赤ちゃんが生まれた」は本当だ。でもセシルは世話なんてしていない。双子は生まれついての難病で、王都内の施療院《せりょういん》に入院していたからだ。

おばさんが嘘をついたのは、セシルを置いてハワード家へ行ったユージンを怒っていた事ももちろんあるだろうが、娘同然にかわいがっていた姪を置いて、王都から出て行くわけにはいかなかったからだろう。

（……！）

両手を強く握りしめた。

悔しい。悔しくてたまらない。

セシルやユージン、おばさんや友人たちは確かに平民で、名門の貴族からしたら、ただの駒《こま》にしか見えなかったのだろうが、人をだましてそんな事をする権利なんてないはずだ。

自分たちの欲のためにユージンをだまし裏切り、セシルたちの仲を引き裂き、それを脅して隠ぺいした。

ずっと、だまし続けた。そんな事が許されていいはずない。
リズの赤い目が静かに、けれど燃えるように輝いた。

（聖女になったら――）

次期聖女になれたら、何か変わるだろうか。変えられるだろうか。
アルビノで平民の自分なら、この国にはびこる、表面には出てこない身分格差の裏側を嫌というほど知っている自分なら――。

もう二度と、前世のような悲しい思いをしないように。
他の誰にも、悲しい思いをさせないように。

（聖女になったら――！）

不意に、キーファが青ざめた顔で聞いてきた。
「金は？　ユージンがハワード家にいた間の給金を、セシルは受け取ったんだよな？」

せめてもの、最後の望みのような、すがるような言い方だった。

リズはとっさに反応できず「お金?」とつぶやいた。

キーファは絶望したような顔で、けれどすさまじい怒りと悲しみが一気に込み上げてきたように歯を食いしばった。

「あいつ、俺たちの事を何だと思って……!!」

五百年分の怒りだった。

爪を立てて髪を、顔をかきむしるキーファを止める事は、リズにはできなかった。

長い沈黙が訪れて、やがてキーファが顔を上げた。

「すまない」

かすかに震える声には誠実な響きがあった。

「俺がちゃんと確認しなかったからだ。執事や父親の言う事を真《ま》に受けて、疑いもしなかった。君に裏切られたと思い込んで、君を一人で死なせた。すまない。謝って済む事ではないとわかっているが、本当にすまない」

深く深く頭を下げる。そしてゆっくりと顔を上げて、充血した焦げ茶色の目で、リズをまっすぐ見つめてきた。

「償《つぐな》う。俺は君に一生をかけて償う」

やつれてぼろぼろなのに、確かに決意を固めた顔だった。

(強いな)

ユージン自身もだまされたというのに、信じていた人物たちに裏切られて、悔しい気持ちも恨む気持ちも人一倍だろうに。

自分もハワード家の一員だった事から逃げずに全てを呑み込んで、セシルに——リズに償うと言っている。人生をかけて。

(強い。そして……真面目だ)

前世のユージンとは違う。ユージンも誠実で一途《いちず》だったけれど、これほど強くはなかった。少しだけ寂しくなり、慌ててその考えを否定した。

(当たり前だよね)

リズがセシルではないように、キーファももうユージンではないのだから。

執事に嘘をつかれてだまされた事は決して許せない。ぶちのめして、ボコボコに叩きのめしてやりたいくらいだ。

けれど「セシルへ」と刻まれた銀の指輪は、ユージンの人生をかけた想いそのものだった。

裏切られてなどいなかった。セシルがずっとユージンの事を想い続けていたのと同じように、ユージンもセシルを想い続けてくれた。

それがわかったのは、ものすごく幸福な事だ。

セシルだって、執事やグルド家のお嬢様の話を鵜呑《うの》みにして捨てられたと思い込んだ。

セシルもユージンもお互いに確認不足だったのだ。当時の二人としては精一杯だったけれど、もっともっと他に出来た事はあったのかもしれない。

（それに――）

リズもまた指輪の事で勘違いして、キーファの話を聞こうともしなかった。やっと聞こうと決心したのはつい最近の事だ。

恥ずかしさと情けなさを心の内にまるごと抱えて、リズはぎゅうっと両手を強く握りしめた。

（……反省しよう）

そして今世にいかすんだ。そうでなければ、前世の記憶を持って生まれ変わった意味がない。

リズは銀の指輪を両手でそっと握りしめた。

「償いなんていらない。私にも、いたらない部分がたくさんあったから。……この指輪は、セシルがもらっておく」

リズではなく、セシルが。

「前に言ったよね？　前世とは違うって。その通りだよ。もうセシルとユージンじゃない。今の私はリズで、あなたはキーファだ。お互いに、新しい今世の自分を生きていこう」

今世の人生を。

力強く生きていこう。

向かい合うキーファが、真摯な目をリズに向けた。

「だったら俺は君の力になる。ならせてくれ。今度こそ、必ず」


ハワード家の子孫であるクレアは、ぱんぱんにふくらんだカバンを持って神殿を振り返った。聖女候補の選定に落ちたので、これから家に帰るところだ。

「胸を張って帰る」とリズには言ったけれど、正直気持ちは晴れない。

（仕方ないわよね……）

のろのろと馬車に乗り込む寸前で「クレア」と、ためらいがちに声をかけられた。

振り向くと、そこには何とキーファ王太子の姿があった。

「キ、キーファ殿下⁉」

びっくりなんてものじゃない。そりゃ王宮の奥にある神殿にいたのだから何度か姿を見た事はあったが、まさか声をかけられるなんて。しかもクレアの名前を知っているなんて。びっくりし過ぎてカバンを落としそうになった。

そんなクレアを、不思議な事にキーファがなつかしそうな顔で見つめてきた。

「すまない。君が昔の知り合いによく似ているもので。――テオというんだ」

「私のご先祖様にもテオがいますよ。同じ名前ですね」

「そうだな」

心なしかキーファの目がうるんでいるように見える。なぜだ。

王太子に声をかけられてすでに驚いているのに、さらに王太子がただの平民である自分に向かって頭を下げたから、さらにさらに驚いた。

「で、殿下⁉」

「指輪の事を伝えてくれてありがとう。君のおかげだ。心から感謝している」

ハワード家の――ユージンの指輪の事だろうが、どうしてキーファから礼を言われるのかわからない。

それでもキーファの言葉が、心の奥底から出た本心だという事はわかった。

「聖女候補として残念な結果になった事は聞いた。でも君が候補者としてここに来てくれた事を本当に感謝している。ありがとう。俺が言っても何のためにもならないかもしれないが、君は立派な魔力持ちだと思う」

「そ、そんな……！　私、ずっと役に立たない魔力持ちだと言われてきて。でも、本当にその通りで……あの、ご先祖のテオも、そんな感じだったらしいんですけど……！」

パニックになってしまって自分が何を言っているのかわからない。

そんなクレアに、キーファが確信を込めたように微笑んだ。

「そんな事はない。君も、テオも――人を幸せにしてくれた。最高の魔力持ちだ」

クレアはぽかんとなった後でうつむいた。

嬉しかったのだ。

ずっと役に立たない魔力持ちだと言われてきたから、キーファの言葉は心に、体に染みわたるくらい本当に嬉しかった。

「元気で。何かあったら構わず言ってくれ。また、必ず力になる」

真剣な顔でそう言って立ち去るキーファの後ろ姿を見つめた。そして――

（あれ？）

キーファに近付いてきた側近の男。三十代半ばくらいの黒いマントをはおった男が、誰かに似ているような気がした。

側近がこちらを見て軽く会釈《えしゃく》した。その頬には傷跡があった。

（……!?）

十年前、クレアの家族を借金の危機から救ってくれたという、どこの誰かもわからない男。両親がどれだけ捜しても見つからなかった男。その男の特徴と、一致する。

（……まさかね）

苦笑した。だってキーファ王太子の命令で動く側近だ。十年前と言えばキーファだってまだ九歳の子供じゃないか。しかもキーファはクレアの家族――ハワード家になんて何の関係もないのだから。

それでも心が軽くなった。カバンを持ち、颯爽と顔を上げて馬車に乗り込む。

広い車内の大きな窓からは、白く輝く神殿が見えた。

クレアは笑顔でふかふかの座面に腰を下ろした。

（胸を張って家に帰ろう）

心の底から、そう思った。

幕間　キーファの「再会」

王宮の長い回廊を歩きながら、キーファは子供の頃に土中に埋めたはずの、さびた古い指輪をポケットから取り出した。

（まさか手元に戻ってくるなんてな）

生まれつき前世の記憶があったキーファは、六歳の時に初めて街へ視察に行き、露店でこれを見つけたのだ。外見だけがそっくりの安物だったけれど、セシルを思い出して思わず買ってしまった。

指輪を見ていると、前世でセシルに裏切られた事に胸が引き裂かれそうなくらい痛むのに、どうしても手放せなかった。

ずっと大事にしていたが、ある時ふと我に返った。

（これじゃダメだ）

五百年も前の事に、とらわれていてはいけない。

反省して、王宮の奥にある神殿内の土をせっせと掘って埋めた。

埋める場所に神殿を選んだのは、聖女様が守ってくれるだろうと考えたからだ。まさか十年経つ間に、指輪の上にナスビの入った壺を埋められるなんて思いもしない。

ハワード家の――かわいがっていたテオの子孫がどうなっているのか知りたくて、側近の一人にこっそりと調べさせたりもした。頬に傷跡のある、いつも黒いマントをはおった側近だ。

その時にクレアの父親が知り合いの男にだまされて、多額の借金を背負った事を知った。

「容赦するな」と側近に命じるとすぐに、楽しそうに豪遊していた犯人の男を捕まえてきた。男は今も厳しい監視下、強制労働中である。


前世のユージンがセシルのために買い、けれど渡せなかった指輪は、五百年の時を超えてセシルの生まれ変わりであるリズの手に渡った。


(――しかし、あの時は驚いたな)

神殿で、リズと「再会」した時だ。

次期聖女候補者たちが国中から神殿へと集められ、そこに王族であるキーファも同席した。そこで初めてリズを見た時、一目でわかった。顔も体も前世のセシルとは違うのに、それでもわかった。

(セシルだ。セシルだ……)

頭が真っ白になる中、それしか思い浮かばない。捨てられて、それでもずっと想い続けた人の生まれ変わりが目の前にいるのだ。

「セシル」と広間の前の廊下で五百年ぶりに名前を呼ぶと、歓喜からか全身が震えた。

「久しぶりだな。……また会えるなんて思ってなかった」

これでもかという動揺を抑えて、やっとの思いで声を絞り出すと、リズがゆっくりとうなずいた。心が高揚した。

けれど肝心のリズの顔は晴れず、キーファと目を合わせようともしない。

(――そうだよな)

ザッと冷水を浴びせられたような感じがした。セシルは他の男と結婚した。キーファが――ユージンがどれ程セシルの事を想っていても、セシルの想い人は自分ではないのだから。

「君は、俺には会いたくなかったかもしれないが」

手放しで嬉しがった自分が情けなさ過ぎて、自嘲めいた口調になってしまった。

「そうだね。会いたくなかったよ」

「……だろうな」

リズの返事に、さらに気持ちが心の奥底まで落ち込んだ。

それでもキーファは思い直した。頑張った。

自分は王太子だ。男だ。そして、おそらく自分の方がリズよりも年上だ。ここは自分が大人にならなければ――! と。

「前世の事は水に流そう。それがお互いのためにいいと思う」

リズがはじかれたように顔を上げて、ぼう然と見つめてくる。

驚いているのだ、と思った。自分が裏切った相手であるキーファが許しているから。大人な態度を見せているから。自分はやり遂げた、という妙な達成感が体をかけめぐった。

「昔の話だしな。今は、俺はキーファで君はリズだ」

（これでいいんだ。もう今は、前世のユージンとセシルではないのだから）

途方もない寂しさと悔しさを必死に抑えて、無理に笑ってさえ見せた。引きつった笑みだと自分で思ったけれど、でもものすごく頑張ったと思う。自分を褒めてやりたいくらいだ。

しかし返ってきたリズの言葉、いや渾身の叫びは、キーファの予想のはるか斜め上をいくものだった。

「ふざけんな――っ‼」

（は？）

頭の中が再び真っ白になった。まさに「ぽかん」だ。

その後で、猛烈な怒りが襲ってきた。

「なぜ君が怒るんだ⁉」

一体何なんだ。なぜリズがキレる？　感謝こそされても、断じて怒られる理由なんてないじゃないか。

「うるさい！　貴族の次は王族になって心底、腐ったようね！」

リズの怒りはなぜか頂点に達しているようで、白い透きとおるような頬が怒りで真っ赤に染まっている。

キーファは混乱した。何なんだ？　なぜ俺は逆ギレされているんだ？　こんな理不尽な事ってない。

言い返そうとした時「殿下、どうされましたか⁉」と側近や神官たちに止められた。

王太子としての自分の立場を思い出して我に返ったものの、込み上げてくる激情は収まらない。怒りもだが、何より悔しかった。前世の自分の想いを全て否定された気がして、悔しくて悲しくて仕方ない。

リズと別れてすぐに広間に戻った後で、リズとどんな関係なのかと、神官たちからしつこく聞かれた。心がえぐられたような気がして「気のせいだった。あんな娘は知らない」と、かすれる声で答えるのが精一杯だった。

（何なんだ、あの態度は？　本当に穏やかで大人しかったセシルの生まれ変わりなのか？）

当初は苛立《いらだ》ちと混乱しかなかったが、しかし、よくよく思い返してみると何かおかしい。前世で自分が体験した事とリズの反応が違い過ぎている。

（なぜだ？）

考えて考えて、以前と同じ廊下の突きあたりにリズを呼び出した。待っている間は緊張しかなかった。まさにドキドキものだ。

足音が聞こえて緊張の極致で振り向くと、ロイドという神官が一緒にいた。なぜだ。

それでもリズを見ていれば前世のセシルの温かな声やぬくもり、二人で過ごした甘美な時間や柔らかい肌などを自然と思い出す。

そして——リズと目が合ってしまった時には、このロイドという神官がいて本当に、心の底から良かったと思った。

(やっぱり神官というのは神の使いだったんだな。グッジョブだ!)

普段は考えないようなアホな事を考えてしまったのは、きっと気恥ずかし過ぎて混乱していたからだろう。

「君の話というのは何だったかな?」

わざとらしく咳払いなんてしながら話を変えるように聞くと、ロイドは、昔キーファが地中に埋めたはずの、さびた指輪を出してきた。驚いた、なんてものじゃない。

(他の男と結婚したセシルを、もうユージンの事を何とも思っていないセシルを、ずっと忘れられなかった事がばれたら、未練がましいと思われてしまうんじゃないか)

焦り、リズに見られないうちにと慌てて指輪をポケットにしまったが、遅かったようで。

「話したい事は何もありません」

返ってきたリズの声は低く、ゾッとするほど冷たいものだった。そして逃げるように去って行ってしまった。

(ばれた……)

未練がましい自分を知られてしまった。あきれられている、それどころか気味が悪いと思われているのでは——。

ショックのあまり、キーファは凍り付いたようにその場を一歩も動けなかった。

それから後、前世の自分たちがだまされ、互いに勘違いをしていた事を知った。

(償おう)

率直にそう思った。

もちろん悪いのはハワード家の執事たちだ。生まれ変わった今でも決して許せるものではない。けれどセシルを一人で死なせてしまった事は事実だ。

一生をかけて償う。そして今度こそ必ずリズの力になる。前世のユージンの分も——。

「——殿下。キーファ殿下」

側近の声にハッと我に返った。王宮の回廊を歩いていたところだった。

「お疲れですね。少し休まれた方が良いのでは?」

「いや、大丈夫だ」

王太子のキーファは様々な公務や執務にと忙しい。

角を曲がると、宰相《さいしょう》と話をしているアイグナー公爵の姿があった。四十代半ばの公爵には色々と黒い噂《うわさ》が絶えない。

側近が牽制《けんせい》するように一歩前に出るのを、キーファは目線で止めた。

「これはキーファ殿下」

公爵が笑みを浮かべた。キーファも軽く会釈した時、カツンと乾いた音を立ててポケットにしまったはずの古い指輪が落ちた。

いち早く手を出し、拾い上げた公爵の動きが止まった。

「……これは殿下の物ですか?」

なぜか質問してくる声が震えている。

「そうです。子供の頃に大切にしていた物ですが。どうかしましたか?」

公爵はいつも余裕のある態度で、決して心の内を見せない。それなのに。

いつもと全く様子が異なり、こころなしか青ざめてさえいる公爵を、いぶかしく思い見つめていると、

「いいえ、何でもありません」

と、かすかに震える手で指輪を返された。そのまま呆気に取られている宰相をよそに、

「申し訳ありませんが、これで失礼します」

公爵が足早に去って行った。

アイグナー公爵は落ち着きなく逃げるように王宮を出て、息を呑んだ。

「まさか……ありえない。キーファ殿下はユージン様だというのか……⁉」

7 花が咲くためには

リズの「聖なる芽」は順調に大きくなっていた。順調過ぎるくらいだ。

腰くらいの高さだった芽は、もう少しでリズの頭を超えそうになっている。

植木鉢が割れてしまったので、これまたもらってきたボロいバケツに水を張り、そこに芽を入れていた。

土がなくても根をピンと張って立っていたのだから、水もいらないのかもしれないが、こういうのは気分だ。

そこへ神官ロイドがやって来た。

「今から聖なる芽を持って広間に集合だと……うわ！　ちょっと見ない間に、でかくなったな」

ロイドが目を見張る。そしてリズと芽とを見比べた。空中に片手を出して双方の背の高さを測り
「同じ身長じゃん」といった感じで噴き出した。

（どうしよう。イラっとする）

リズは無視して聖なる芽をバケツごと持ち上げようとしたが重い。

「ロイドさん、運ぶのを手伝ってくださいよ」

「えー、重いから嫌」

さらにイラっとした時、背後のドア付近から「俺が持とう」と声がかかった。

（誰？）

不審に思いながら振り返ってギョッとした。

腕まくりをしながらドアの前に立っていたのは、キーファ王太子だったからだ。

固まるリズたちの前で、キーファがひょいとバケツを持ち上げた。

「さあ、行こう」

「ちょっと待って――ください！　王太子殿下にそんな事させられません」

「気にしないでくれ。君に償うと誓った。君の力になると。これはその第一歩だ」

「償いってこういう事!?　じゃなくて、本当に結構ですから。償いなんてしなくていいと、申し上げたはずです」

「敬語は使わないで欲しい。呼び方も『キーファ』にしてくれ。でないと俺も君を『リズ様』と呼ぶ」

「やめて」

リズの心からの言葉に、いたって真面目な顔だったキーファが「それでいい」と嬉しそうに微笑んだ。端整な顔がクシャッと崩れて、途端に人なつこいものへと変わる。

キーファの笑った顔を見るのは初めてだ。リズは一瞬だけれど見とれてしまった自分を呪った。

聖なる芽の入ったバケツを抱えたキーファがスタスタと歩いて行くので、慌てて追いかけた。

（知らなかった。キーファはこんな性格だったんだ）

芯が強くて真面目な事は前世の話を聞いた時に何となくわかったが、意外に強引である。

（やっぱりユージンとは違うな）

リズが知っているのは前世のユージンであってキーファではない。

わかっていた事だが、前世で愛した恋人とは別人なのだと改めてわかり、少し寂しくなった。

（まあ別人度合いで言うなら、キーファよりも私の方が上だろうけど）

大人しくて控えめな前世のセシルと、今のリズとでは。

隣に、ロイドが追いついてきた。王太子が自ら望んで荷物持ちを申し入れてきた事に驚愕していた様子だったけれど、すっかり復活したのかニヤニヤ笑いを浮かべている。

（わかる。ろくでもない事を考えているんだ）

「リズってば、いつの間に殿下を手なずけ――」

「黙らないと本気で怒りますよ」

底冷えのする光を放つ赤い目で、見すえられたロイドが「はい」と前を向いて口を閉じた。

広間の扉は開け放たれていて、中から人々のざわめきが聞こえてくる。候補者たちは、すでに集まっているようだ。

その直前で、リズは急いでキーファに声をかけた。

「ありがとう。もういいから」

王太子に荷物持ちをさせているところを候補者や神官たちに見られたら——考えるだけで怖ろしい。

バケツをもらおうと手をかけた瞬間、指と指が触れ合った。驚くより先に、心を締め付けるほどのなつかしさが胸一杯に広がり動揺した。

前世で同じ事があったのだ。

ユージンと恋人同士になったばかりの頃。甘いものが好きなユージンのために手作りの焼き菓子が入った袋を手渡した時、今と同じように指と指が触れ合った。

セシルはうろたえて、すぐに指を離そうとしたが、それよりも早くユージンに手をつかまれた。

そのまま手をつないで、日が落ちた街中をずっと無言で歩いたのだ。

セシルは自分だけが緊張していると思ったが、ふと隣を見るとユージンが怒ったように口をぎゅっと閉じていて、そして耳まで真っ赤になっていた。

照れていたのだ。心の底から。

呆気に取られた後セシルは笑った。むせ返る程の幸せを感じたから。

（なつかしいな……）

二度と戻ってこない、泣きたくなるほど幸福な思い出だ。

寂しさを噛みしめながら微笑み、顔を上げて――そして、キーファと目が合ってしまった。


「……!?」


互いに慌てて顔どころか体全体をそむける。恥ずかし過ぎて、いたたまれない。

目が合った時に一瞬見えたキーファの、あの切なげな表情。リズと同じようにばっちり覚えているじゃないか。気まずくて髪をかきむしりたい衝動にかられた。

「……どうかしましたか？」

突然様子のおかしくなった二人に、不審そうに聞いてきたのはロイドだ。リズはハッと我に返った。

「別に何でもないですよ」

「リズの顔、赤くないか？」

「気のせいです」

「いや、赤いだろ」

――ロイドと言い合うリズをキーファがじっと見つめる。「仲が良いんだな」と低い声でつぶやき、そしてそんな自分を恥じるように目を伏せた。

ごまかすように急いで広間に入ると、十人の聖女候補者たちと神官たちはすでに集まっていた。

「ロイド遅い――キ、キーファ殿下⁉　どうされたんですか？　どうして、候補者の芽を運んでいらっしゃるんですか⁉」

なぜ荷物持ちのような事を！　という神官の悲鳴が広間中に響き渡り、皆の視線がリズたちに集中した。

（しまった。前世の事に気を取られて、すっかり忘れてた）

「どういう事なのよ！　なぜ王太子殿下が⁉」

こそこそ言い合う候補たち――ではなく、たった一人だ。

（あれは確か……）

リズを見ては何かと悪口を言っていた、ひそひそ三人娘のうちの一人だ。二人は芽が出ずに選定から外れて一人になってしまったらしい。

一人で三人分しゃべってはいるが、やはりどことなく寂しそうで、三人がいつも取り巻いていた中心人物である上級貴族の令嬢のそばにぴたりと張り付いていた。

その上級貴族の令嬢がリズたちの所へ近付いてきた。

「お久しぶりです、キーファ殿下」

笑顔もドレス姿も立ち居振る舞いも、全てが優雅だ。

「久しぶりだ、グレース。先日、王宮で君の父上に会ったよ」

「まあ、そうなんですか」

「紹介しよう。候補者同士だから知っていると思うが、リズ・ステファンだ。リズ、こちらはアイグナー公爵の長女グレース」

頭を下げるリズに、グレースは笑みを浮かべてはいるが、それ以上は会釈も話しかける事も何もする気はないようだった。

そこへ「相変わらずにぎやかだな」と神官長が笑顔で現れた。

「おや、キーファ殿下。それはリズ・ステファンの聖なる芽ですかな。おお、また大きくなったのう！」

神官長もびっくりだ。他の候補者たちの芽は、第一回目の選定の時とあまり大きさが変わっていない。倍の大きさになったのはリズだけだ。

（何でだろう。おかしくない？）

他の候補たちの小さなかわいらしい芽を見ながら、リズは無表情で思った。

候補たちもリズのわさわさと茂る芽――というよりは木――を見て、ざわめいている。しかし、そのざわめきは次の神官長の言葉により、さらに激しいものになった。

「今日、集まってもらったのは経過を見るためだ。まだ誰も花が咲いておらぬようで、ひとまずは良かったと言うべきか。しかし近いうちに花を咲かせる者たちもいるだろう。その時に注意してもらいたい事がある。

咲くのは花とは限らない。何が咲くかは、その者しだいだ。だから咲いた『もの』に危害を加えられたり、下手《へた》をすると食われてしまう事もあるかもしれん。充分に気を付けてもらいたい」

神官長の話が終わり広間を出た途端、不安げな顔をしていた候補者たちが一斉にしゃべりだした。

「ちょっと、どういう事⁉　咲くのは花じゃないの？　危害を加えられるとか、ましてや食われるって何なのよ⁉」

「食虫植物のようなものかしら？　……そもそも、これって植物なの？　まさか花から猛獣が出てきて食べられちゃう、とかないわよね？」

「あり得ないでしょ。芽も葉もこんなに小さいんだし。でもリズの特大の芽ならわからないわよ」

「確かに」

候補者たちが、一番後ろにいたリズをそっと振り返った。わさわさと茂る芽を見て、顔をひきつらせて一斉に逃げて行く。

リズはちょっと傷ついた。

（やめてよ。猛獣なんて出てこないわよ、多分……）

もちろん自信はない。


長い廊下を、芽の入った重いバケツを持って一人でヨタヨタと歩くリズの許へ、キーファが走って来た。「俺が持つ」とバケツを奪おうとする。

「いえ結構で――大丈夫、自分で持てるから」

「フラフラしているぞ。重いんだろう」

「平気だって」

王太子になんて持たせられない。そりゃあ、さっき広間に向かう時は「償いの第一歩だ」という言葉に押されて持たせてしまったけれど。

そのせいでリズは「王太子に荷物持ちをさせた奴」認定された。まあ元々「おかしな奴」認定はされているが、さらに悪い。

頑としてゆずらないでいると、キーファの顔が曇った。

「さっきはすまない。君の評判を落とすつもりはなかったんだ。広間に入る前に、あの神官か君に聖なる芽を返すつもりだったが、ちょっと……その、気を取られてしまって……」

何に、とは言わないでもわかる。

だから地の底まで落ち込んだような顔で、こちらを見るのはやめて欲しい。心から反省しているのはわかったから。

「神官長や神官たちには言っておいた。俺が自らの意思で、むしろ頼み込んで君の芽を持っていたのだと」

神官たちの驚愕がありありと想像できた。

しかしそれを神官たちに信じてもらうのは難しい事だと、キーファ自身も充分わかっているようで表情が優《すぐ》れない。

広間で色々と苦心しながら説明したのだろう。それが果たして成功したのかは別として。

リズは天井を仰いだ。

(何だか調子がくるう)

ユージンの生まれ変わりは意外にいい人だった。けれど、どれだけいい人であろうとも、もうユージンではない。でも関係ないと突き放す事もできない。だって前世でずっと想い続けた人なのだから――。

答えの出ない堂々巡りに考え込んでいると「今は誰にも見られていないから」と、キーファにバケツごと取られてしまった。

二人で並んで無言のまま歩く。誤解していた頃は言いたい事が山ほどあったのに、誤解が解けた今では何を話していいのかわからない。

それはキーファも同じようで、二人は黙々と、ひたすら廊下を歩いた。

「ここでいいよ。ありがとう」

リズは部屋の近くで芽の入ったバケツを受け取った。キーファが何か言いたげに、けれどどう言葉にすれば良いのかわからないといったように一旦、口を閉じた。そして「じゃあ、おやすみ」と言った。

リズはなつかしくて思わず微笑んだ。前世、すぐ隣で毎晩聞いた言葉だ。

「おやすみなさい」

キーファの顔を見てまた目が合ってしまったら、どうしていいのかわからなくなるので、あえて顔を見ないまま身をひるがえした。

歩き出すリズの背中を、その姿が見えなくなるまでキーファはずっと見つめていた。

そして彼女はもう前世のセシルではないのだと自分に言い聞かすように、かすかに震える片手で口元をおおい目を閉じた。


「「あ」」

廊下の角を曲がってリズが部屋に入ろうとすると、ちょうど一番奥の部屋から出てきたひそひそ娘と行き合った。

けれどその部屋は確か、キーファに紹介されたアイグナー公爵の娘グレースの部屋だ。

(本当に仲がいいんだ)

グレースの部屋に出入りするくらいだから。

ひそひそ娘がリズを見て口元をゆがめた。

「その芽、気を付けた方がいいわよ。神官長様がおっしゃっていたじゃない、食われるかもしれないって」

「——心配してくれてるわけ?」

「そんな訳ないでしょう! 勘違いしないでよ!」

もちろん、わかっている。ちょっと言ってみただけだ。

と、ひそひそ娘が今度は妙に引きつった笑みを浮かべて、機嫌をとるような猫なで声を出した。

「でも本当に食べられたらどうするの? そんな危険な事やめて、もう家に帰ったら? 魔力持ちでもないんだし、貴族の令嬢や有名魔術師の娘がひしめく中で、まさか平民でアルビノのリズが次期聖女に選ばれるなんて思っていないでしょう? 今回は本当にたまたま受かっただけよ。これからの選定に落ちる前に、自分からあきらめるのも大事な事だと思うわ」

要は、聖女候補から外れろと言っているのだ。

リズはひそひそ娘を見た。

まともに見返されて、ひそひそ娘は驚いたようだ。さっきまでの勢いはどこへやら、黒い目がきょろきょろと落ち着きなく動き始めた。

「な、何よ……！」

「別に。見ているだけ」

グッと言葉に詰まるひそひそ娘を見すえて、ゆっくりと言う。

「何が咲くかは誰にもわからないし、神官長様の言う通り食べられてしまう事もあるかもしれない。でもその食べられてしまう被害者は、育てた私か、それとも他の誰かかは、わからないわよね？」

もちろん口からでまかせなのだが、ひそひそ娘が一瞬で青ざめた。

そこへ追い討ちをかけるように突然、足元に置いたリズの「聖なる芽」の葉がサワサワと揺れた。風もないのに、まるでリズの言葉に応えるように、重なり合う葉が音をたてる。

リズもびっくりしたが、ひそひそ娘にとっては恐怖以外の何物でもなかったようだ。固まったように動かなくなってしまった。

（男爵家の令嬢だとか言ってたな。名前は――何だっけ？）

考えていると、ひそひそ娘が顔を引きつらせながらもリズをにらみつけてきた。

「言っておくけど私は食べられたりしないんだからね！　変なもの咲かせないでよ！」

「努力するわ」

真面目にうなずくと、ひそひそ娘が悔しそうに唇を噛みしめた。そこを「ねえ」と呼びかける。

「何よ！」

「あなたの名前、何だっけ？」

「――ナタリーよ！」

絶叫しつつも律儀《りちぎ》に答え、そのまま勢いよく自室に入ろうとするナタリーを、「ねえ」とまた引き止めた。

「今度は何なのよ⁉」

怒りを爆発させるナタリーを、リズはまっすぐ見つめた。赤い目が静かな光を放つ。

「さっき私に言った『聖女候補をあきらめて家に帰れ』ってナタリー自身が考えている事？　それとも他の誰かの考え？」

そのまま廊下の一番奥、公爵令嬢グレースの部屋のドアに視線をやる。先程ナタリーが出てきた部屋だ。

途端に顔をこわばらせたナタリーの、ドアノブにかかった右手が震えた。そしてリズの目の前で逃げるようにドアが閉まった。

（グレースか――）

リズは顔をしかめた。優雅なふるまいに豪奢なドレス、リズたち平民とは存在する世界が違うと全身で発しているような優美な笑み。ああいう感じの令嬢には前世も今世も、ろくな思い出がない。

重いバケツを「よいしょ」と持ち上げて自分の部屋に入った。窓際の床に置く。聖なる芽は、さっきは確かにサワサワと動いたのに今はぴくりとも動かない。

（偶然だったのかな？）

首をかしげて「まあ、いいや」と寝る準備を始めた。お湯をためた浴槽につかり、歯をみがいてベッドに入った瞬間、思い出した。

（あれ？　そういえばナタリーの名字は何だっけ？）

翌日リズが廊下を歩いていると、ちょうど通り過ぎた候補者の部屋から、けたたましい悲鳴が聞こえてきた。

「どうしたの⁉」

リズが飛び込むと、ひそひそ娘のナタリーが床に座り込み、助けを求めるように真っ青な顔を向けてきた。小刻みに震える目じりには涙すら浮かんでいる。

何事だと息を呑むと、

「は、花が！　私の聖なる芽に花が咲いたのよ！」

（は？）

「――おめでとう」

「おめでたくないわよ！　食べられちゃうじゃないの！」

ナタリーは本気で怯えている。リズはナタリーの芽に近寄った。

古い植木鉢に植えられた小さな枝の先に、指先ほどの大きさの黄色い花が咲いていた。「聖なる花」だから普通の花とは違うだろうが、見た目は普通にかわいらしい花だ。

リズは微笑んで、五枚の花びらのうち一枚の先にかすかに触れた。可憐《かれん》な花びらはやわらかく、さわっても何も変わる気配はない。

「ちょっと近寄らない方がいいわよ！　噛まれたらどうするの⁉」

ナタリーはパニックになっている。

「噛まれもしないし食べられもしないよ。綺麗な花じゃない。良かったね」

いつもと変わらないリズの態度に、だんだんと落ち着いてきたようだ。神官長は「危害を加えられるかもしれない」と言っただけで「必ず」とは言っていない事を思い出したのかもしれない。

「そう、普通の花なの……」

拍子抜けしたようにつぶやいた。そして目の前にいるのがリズだとわかり、ハッと我に返ったらしい。

「そ、そんな事わかってたわよ。ちょっと取り乱しただけよ！」

（素直じゃない子だな）

ツンデレというやつか？　デレの部分を見た事はないが。

リズより少し年下だろうか、ふんわりしたドレスのスカートを握りしめ丸い頬を真っ赤に染めて、何やかんやとわめくナタリーを眺めていると、

「何事なの？」

アイグナー公爵の娘グレースが眉をひそめて、部屋に入ってきた。一瞬リズに目を留めたが、すぐにそらす。

「グレース様！　私の芽に花が咲いたんです！」

ひそひそ娘のナタリーが嬉しそうな顔で告げるとグレースの顔がこわばった。植木鉢に急いで目をやり、黄色い花をにらんだまま一言も発しない。ナタリーがオロオロし始めた。

「あの、グレース様……？」

「良かったじゃない。候補者たちの中で、あなたが一番乗りね」

「本当ですか！　ありがとうございます！」

「まあ一番先に花を咲かせたから聖女に最もふさわしい、という基準にはならないと思うけれどね」

優雅な笑みを浮かべながら、さらりと言う。

ナタリーの嬉しそうな笑顔が一瞬で消えた。

「花が咲いたと、あまり声高に言わない方が良いと思うわ。自慢げな言動が聖女にふさわしい行為

だとは、とても思えないし」

流れるような話し方と絶やさない笑みのためか、言われているこちらが悪いのではという気になってくる。ナタリーの元気がどんどんなくなっていき、最後にはシュンと肩を落としてしまった。

さっきまでのリズに対する勢いとは別人だ。髪につけた銀の飾りも、落ち込んだように悲しげに揺れている。

「誤解しないでね。私はナタリーのためを思って言っているのよ」

「は、はい！　もちろんわかってます！」

「良かったわ」

ドレスの長いすそを優雅にひるがえしてグレースが部屋を出て行った。リズの目の前を通り過ぎたにもかかわらず、一べつもされなかった。完全にいないものとして扱われている。

嫌がらせは色々とされてきたが、ここまで徹底的だと逆に見事だと感心した。

グレースがいなくなった途端、ナタリーが声を張り上げた。

「ちょっとリズ！　えらくキーファ殿下と親しげだけど、あまりいい気にならない方がいいと思うわ！　身分が全然違うんだし、周りの目もあるのよ。それにグレース様もいらっしゃるんだし！」

「——心配してくれてるわけ？」

「そ、そんなわけないでしょ！　心配なんて、全然、ちっともしてないわよ！」

（あれ？）

驚いて、リズはまじまじとナタリーを見た。きつい言葉とは裏腹に、ナタリーの顔は焦ったように真っ赤になっていたからだ。

もしかしてナタリーの花を心配ない、綺麗だと言ったから少し気を許してくれたのだろうか。

（本当に素直じゃない子だな）

思わず笑みがもれた。

ますます赤くなったナタリーが、恥ずかしさを隠すようにプイと横を向いたので「じゃあ」と部屋を出ようとすると「それと！」と呼び止められた。

「何？」

「……何でもないわ。またにする」

リズが部屋を出て一人残ったナタリーは、閉まったドアをじっと見続けていた。

（アイグナー公爵が娘のグレース様をキーファ殿下の婚約者に推していると、もっぱらのウワサだけど……まだ、ただのウワサだものね）

胸がチクリと痛む。そこでハッと我に返ったナタリーは、その考えを追い出すように激しく首を左右に振った。

何をリズの心配なんてしているんだ。リズはグレースの言う通り「魔力持ちという聖女候補者の最低限の資格もない、さらに平民のくせに偉そうな態度の分不相応な娘」なのだから。

グレースはナタリーの憧れだ。公爵家の令嬢で、優雅なふるまいと品の良いたたずまい、確かな教養と美貌。しがない男爵家の三女であるナタリーが、グレースとこんなにも近くで話ができるなんて、候補者に選ばれ神殿に来られたからこそだ。心から感謝している。

だから、そのグレースが嫌うリズを、ナタリーも嫌いだった。

『まあ一番先に花を咲かせたから聖女に最もふさわしい、という基準にはならないと思うけれどね』

先ほど広間で、まるでナタリーの内側に教え込むように優雅に笑うグレースを思い出し、心から反省した。

顔を上げると、ちょうどそこに鏡台がある。大きな花の飾りがついた、ふわりとした可愛らしいドレスを着た十五歳の少女が映った。このドレスはナタリーのお気に入りだ。いや、お気に入りだった。ここに来るまでは。

どうやら落ち着いていて大人びたグレースは、ナタリーの子供っぽいともいえるドレスの趣味が好きではないようだ。もちろんグレースは直接口になんて出さないけれど、それでも伝わってくるものはある。

今つけている、シンプルな銀の髪飾りはグレースにもらったものだ。もらった時は本当に嬉しくて、

「ありがとうございます！　感激です！」

と興奮で頬を真っ赤にして、何度も何度も礼を言った。

それからは毎日つけている。とても誇らしくて、自分が階段を一段のぼれたような、少しグレースに近付けたような、そんな気がした。

それでも今思うと、それまでナタリーがつけていたウサギの形の髪飾りが、あまりに子供っぽくて嫌なだけだったのかもしれない。そんなものをつけているナタリーに、そばにいて欲しくなかっただけなのかもしれない。

（どうして……）

どうして、こんな事を思うのだろう。自分自身に驚いた。

ずっと憧れていたグレースだ。こうして、お近づきになれただけでも誇らしい事なのに。

もっともっと近づきたい。グレースのようになりたい。その思いは今も変わっていない。それでも――。

鏡の中の自分を見つめる。ぷっくりした頬に丸い目。十五歳にしては童顔だと言われてきた顔のそばで、銀の髪飾りが鈍い光を放つ。

グレースがいるのだ。自分が次期聖女に選ばれるなんて、みじんも思っていないけれど、それでも花が咲いた事は嬉しかった。素直に、とても嬉しかったのだ。そう思う事が候補者としてふさわしくなかったとしても。

『綺麗な花じゃない。良かったね』

そう言ってくれたリズの笑顔を思い出し、ナタリーは思わず銀の髪飾りから顔をそむけた。


「ねえ聞いて。ついに聖なる花が咲いたの！　でも普通の花らしい花だったわ」

「私もよ。赤い小さな花。神官長様ったら脅かさないで欲しいわ」

候補者たちに次々と花が咲いていき、喜びの声があふれる。

そんな中、群を抜いて大きなリズの聖なる芽には、ちっとも花が咲く気配がなかった。

（咲かないなあ）

成長はしている。リズの背も抜かしてしまったし、わさわさと茂る枝と葉はますます、わさわさしてきた。もっさり、と言っていい。けれど花のつぼみすら見つからないのだ。

（どうしよう？）

自室で一人、芽と向かい合っているとさすがに焦ってくる。

怖ろしい事に、焦りは人を普段とは違う考え方や行動へと導くものだ。

前に聞いた神官ロイドの「芽は候補自身が持つ聖なる力で成長する」との言葉を思い出し、リズは芽に向かって念を送ってみた。

目を閉じ気持ちを落ち着けてから両手を突き出し、

（はあぁ！）

とか、よくわからない気合いを心の中で叫びながら何か飛ばしてみたのである。

普段のリズなら絶対にしないが、焦りとは本当に怖ろしいものなのである。


しかも、さらに怖ろしい事に――

「――何をしているんだ？」

驚いた。リズにしては珍しくビクッと体を震わせて恐る恐る振り向くと、入口のドアが開いていて、その手前でキーファ王太子が呆気に取られた顔で立っていた。

元より田舎育ちのリズに鍵をかける習慣はないが、ノックの音も、かけられたであろう声も、夢中で聞こえなかった。

（まさか見られた⁉）

不覚だ。

しかし唇を引き結んだキーファはいつもと同じ真面目な表情をしていた。

（見られてなかったのかな？　――いえ、違う）

リズの「勘」がそう告げている。赤い目に力を込めてキーファを見すえると、気まずそうに視線をそらされた。

「……その、何をしていたんだ？」

「別に何も」

「いや、何かしていただろう？　こう怪しいというか、おかしな動きを――」

「何もしてない」

絶対に認めるつもりはない。逆に「何の用？」と聞き返した。

「何か俺にできる事があればと思って、来てみたんだが」

ご用聞きか。王太子なのに。

「大丈夫だから」

「何でも言ってくれていい。君に償うと、力になると誓った」

「本当に大丈夫」

平然と言いつのるが、心の内ではひどく焦っていた。何でも言っていいというのなら、本音では、むしろ今すぐ出て行って欲しいのだ。これ以上、失態を重ねないうちに。

「そうか。わかった」

キーファが寂しそうに目を伏せた。やわらかそうな前髪が切れ長の目をおおい、それでもあえて笑みを浮かべて見せる様は、キーファ自身は意識していないだろうが実にこちらの哀れみを誘うものだった。

ゆっくりとドアが閉まる。だが、

(――違う)

確信があった。間髪《かんはつ》を容《い》れず、リズは音を立てないようにそっとドアを細く開けて、廊下をのぞいた。

廊下の壁に手をついたキーファが、こちらに背を向けている。その丸くなった背中が小刻みに震えていた。

声を出すのをこらえながら笑っているのだとわかった。

リズのおかしな行動をばっちり目撃し、しかしさすがにリズの目の前で笑うのは失礼だと思ったのか必死に我慢して、今それが爆発したらしい。

(屈辱だわ……)

よりにもよって一番見られたくない相手に。

まだ笑い続ける広い背中を呪いながらリズは静かにドアを閉め、うおお！　と白く細い髪をかきむしった。

第二神殿内の広間には十一の聖なる芽がずらりと並べられていた。神官長の言う「何か」が咲いても、すぐに対処できるようにと集められたのだ。

常に見張りの神官がいるものの、今のところ変なものが咲いた候補などおらず、みな普通のかわいらしい花ばかりだ。

そして入れ物も成長度合いもばらばらの芽の中で、悲しい事に飛びぬけて規格外の大きさのリズの芽にだけまだ花が咲いていなかった。つぼみすら見当たらない。

(どうしよう)

緑の葉だけがモッサリと茂る、聖なる——木とにらめっこをしながら、リズは焦っていた。

このままだと聖女候補から外れてしまう。「必ず聖女になってね」と言ってくれたハワード家の子孫であるクレアに顔向けできない。それに——。

(それに?)

心の奥にモヤがかかっている部分がある。それを晴らそうと、見極めようとしているリズの背後から、公爵令嬢グレースとひそひそ娘ナタリーの会話が聞こえてきた。

「さすがはグレース様です! こんな綺麗な深紅《しんく》の花は、他の候補者たちには咲かせられません!」

「ありがとう、ナタリー。あなたの花も素朴で、とてもかわいらしいわよ」

「そんな! 光栄です!」

グレースの機嫌が良い事が嬉しいのか、ナタリーが頬を真っ赤に染めて大声をあげている。

グレースも花をつけるのは遅い方だったが、豪華な鉢に、まだ小ぶりながらも優美な花が見事に咲いていた。

（いいな）

悔しさとうらやましさが入り混じる。込み上げる焦燥感《しょうそうかん》にリズは唇を噛みしめた。

「あれ、何ですか⁉」

ナタリーの驚いたような声の先には、細かい花びらがフリルのようにいくつも重なった小さくて可憐な花があった。確か宮廷魔術師の娘のものだ。

リズも思わず目を見張った程に、その花は花びらの先まで真っ黒だった。

「すごい。黒い花なんて初めて見ました！」

「そうね。けれど、その者にふさわしい花が咲くと神官長様がおっしゃっていたものね」

知ったような顔でうなずくグレースを、離れたところから当の宮廷魔術師の娘がじっと見つめている。

「リズじゃない！　——嘘！　リズの花、まだ咲いてないの⁉」

ただでさえ丸い目をさらに丸くしたナタリーに声をかけられた。大きな高い声には純粋な驚きと、心底心配するような響きが含まれている。

その響きにリズも気付いたが、同時にグレースも気付いたようだ。一瞬不快そうに眉を寄せたものの、すぐにいつもの微笑みが浮かんだ。

「嫌ね、ナタリーったら。そんな言い方をしたらリズに失礼でしょう？」

「え？　いえ、そんなつもりは――――！」

「私も驚いたわ。リズの芽は群を抜いて大きいから、てっきり一番初めに花が咲くだろうと思っていたもの。でもやはり結果は結果だものね。神官長様のおっしゃった通り『その者にふさわしい花が咲く』のよ」

おっとりとした口調だが、切れ長の黒い目は実に楽しそうに輝いている。

リズの花が咲かない事が心底嬉しくて仕方ない、そんな輝きだった。

（……！）

リズはうつむいたまま両手を強く握りしめた。心の底から悔しさがわき上がってくる。

バカにされている事ももちろん悔しいが、一番はそうじゃない。

（嫌だ）

このまま終わりたくない。

聖女候補から外れたくない――。

それは自分でも驚くくらい、心の奥底から込み上げてくる強い思いだった。


「――まだよ」

両手を握りしめたままリズは顔を上げた。両目に力を込めてグレースをまっすぐ見返す。

「まだ、わからないでしょう。まだ、あきらめない。私は次期聖女になるために、ここにいるんだから」


リズの透きとおるような白い頬に、確かな意志が浮かぶ。

心の高ぶりとともに赤い両目が強い光を放った。

グレースがけおされたように息を呑んだ。

高ぶっている時のリズはまるで神がかっているようで、悔しさに顔が引きつるグレースですら一時も目が離せない、そんな感じだった。


その時！

「ちょっと！　ちょっと見て下さい！」

とナタリーの悲鳴のような声がした。


リズの聖なる木、その枝の先に突然、大きな固いつぼみがついた。つぼみはどんどん柔らかく、大きくふくらんでいく。

これほど早く、目で確認できる程のいちじるしい成長なんてあり得ないのに、まるで魔法でもかかっているかのように、リズの、グレースたちの目の前で爆発的な成長を遂げていく。

「すごい……！」

柔らかくふくらんだつぼみがゆっくりと開いていく。

真っ白な花びらだった。リズの肌より、髪より、さらに白い。

手のひら程もある五枚の花びらが一斉に開いていく様は、まるでこの世のものではないような幻想的な光景だ。

皆、驚き過ぎて声も出ない。グレースもただただ目を見開いてリズの花を見つめている。

ほのかに甘い香りがしてきた。

凛《りん》と咲ききった聖なる花は、他の何色をも寄せ付けない、何色にも染まらない、まさに純白の花だった。

「きれい……」

息を呑んで見つめていたひそひそ娘のナタリーから、ため息のような声がもれた。

おそらくナタリー自身も声に出たとは気付いていないだろう、心からのつぶやきだった。

その隣では、グレースがこわばった顔でリズの花をにらみつけていた。先程までの余裕はどこへ行ったのか、青ざめてさえいる。

「おめでとう。やっと花が咲いたね」

声をかけてきたのは神官ロイドだ。

「ロイドさん、いつからいたんですか?」

「けっこう前から」

驚くリズに答えてから、ロイドが公爵令嬢グレースに向かって小さく笑った。

「確かに『その者にふさわしい花が咲く』だね。君の言った通りだった」

一瞬、視線で殺せるなら殺してやりたいといった強い光を目に浮かべたグレースが、身をひるがえして広間を出て行った。

ひそひそ娘のナタリーが急いで後を追う。

ロイドがリズに向かって笑った。

「もしかしたら聖女になるという決意を確かめていた花なのかもな」

「なるほど。――あの花、私にふさわしいですか?」

「うん。そう思うよ」

思いがけない素直な言葉に、いや何かあるなと予想する。

「だって、あの咲き方はさすがだろう。予想ができないというか、普通と違うというか、ひねくれているというか?」

(やっぱり)

顔をしかめるリズに、ロイドがもう一度小さく笑った。

「良かったな。綺麗な花じゃん」

聖なる木が応えるように、咲いた花が、茂る葉が、風もないのにサワサワと揺れた。

❖ ❖ ❖ ❖

リズは食後の散歩をしていた。今日のメニューは、ゆでたジャガイモを薄い肉で巻き、油で揚げたものだった。添えられた濃厚なチーズ風味のソースが絶品で、硬めに焼かれたパンとよく合った。おかわりが自由なせいか、貧乏性のリズはついつい食べ過ぎてしまう。

(あれ?)

第一塔門からこちらに早足で歩いてくるグレースを見つけた。

気に入られていない事はわかっているので、とっさに塔のかげに隠れた。気付かれなかったようで、グレースは目を向ける事もなく通り過ぎて行った。

代わりに、グレースが話をしていた相手――父親のアイグナー公爵に見つかってしまった。選定中の神殿には関係者以外出入り禁止なので、たとえ家族といえど、入口であるこの第一塔門までしか入れない。

「おや? 君はリズ・ステファンだね」

どうして名前を知っているのだ。いぶかしげに眉を寄せるリズに、公爵がグレースとよく似た口元に穏やかな笑みを浮かべた。

「キーファ殿下が君の事を気に入っていると耳にしたのだが、本当かな？　本当なら実にうらやましい話だと思ってね」

「さあ、わかりません」

臆《おく》する事なく冷静に答えるリズに、公爵がかすかに目を見張った。思っていたものと違ったというように笑みを消し、攻め方を変えるべく探るような視線を向けてくる。

しかしリズはそれどころではない。

（何だろう。この嫌な感じは……）

はっきりとはわからない。「勘」でいくら見ようとしても薄皮が一枚張っているようにぼやけて、つかめないのだ。

それなのに肌がピリピリする。胸の中がざわつく。

何だ。この感じは何なんだ。込み上げてくる不快感の元を探るように、リズもひたすら公爵を見つめた。

（この人を知っている気がする）

なぜだろう。アイグナー公爵に会った事なんてないのに。

ザワリと何か得体の知れないものが体中をはうような感覚に寒気がした。原因をつかもうと必死に「勘」を張り巡らしていると、突然、頭の中に前世のセシルとしての記憶が流れ込んできた。

「必ず戻って来るから」とユージンの笑った顔、「ユージン様は私と結婚するのよ」と嘘をついたグルド家のお嬢様の冷たい顔、そして「平民のくせに」と、いとわしげに表情をゆがめたハワード家の執事の顔――。


(なぜ、今?)

「キーファ殿下は」

と再び話し始めたアイグナー公爵の声に、リズはハッと我に返った。

「え? 何ですか?」

「キーファ殿下は本当に君の事を気に入っておられるのかな? それとも君が殿下を惑わしているだけか? 娘のグレースがキーファ殿下の婚約者に決まりそうなんだ。邪魔をしないでもらいたいのだがね」

「……!?」

一瞬にして、考えていた事が全て消し飛んでしまった。

キーファとグレースが婚約?

もちろん二人の婚約にリズは何の関係もない。身分だって天と地ほど違うし、前世とは違い、恋人同士でも何でもない、ただの他人だ。

わかっている。頭ではちゃんとわかっているが心がついていかない。

必死に抑えているのに体が震える。冷や汗が噴き出してきた。

これではまるで前世と同じじゃないか。ハワード家の執事からユージンが結婚すると知らされて、何も出来なかった前世と――。

動揺するリズの様子に公爵が笑みを浮かべた、その時――

「リズ！」

息を切らせて駆けつけてきたのはキーファだった。

いつものふてぶてしい態度とは違う、青ざめてかすかに震えてさえいるリズの姿に、驚いたように目を見張り、そしてリズをかばうように公爵との間に割り込んだ。

「彼女に何の用ですか？　アイグナー公爵」

目の前にある広い背中も、抑えたような声音も、ぬるい風に吹かれる焦げ茶色の髪も、全身が怒りに満ちている。

「殿下、誤解しないで下さい。偶然会って話をしていただけですよ。彼女は私の娘のグレースと同じ聖女候補者ですから」

公爵の顔に慌てて機嫌を取るような笑みが浮かんだ。

（……前世とは違うんだ）

リズは安堵のあまり泣きそうになった。キーファとは身分も違うし恋人同士でもないけれど、前世と違い確かに目の前にいる。

だんだん気持ちが落ち着いてきて「ねえ」と小声で話しかけると、ぐるんと勢いよくキーファが振り向いた。整った顔が、切れ長の目が明らかに怒っている。

リズはまともに見返した。

「あなたとグレースの婚約が決まりそうだと公爵に言われたわ。本当なの？」

まさかこの場で、しかも王太子に直接聞かれるとは思っていなかっただろう公爵の頬が引きつった。

キーファの顔が赤く染まる。怒りが最高潮に達したようだ。

「公爵、嘘をつかないでもらいたい。何度も話をもらいましたが、了承した覚えは一度もありません。俺だけでなく、父である国王もあざむいているとわかった上で言っておられるのですよね？」

表情は怒りに満ちているのに、冷静な物言いが逆に怖い。

公爵が慌てたように言いつくろった。

「もちろんです。その娘はどうも私の言葉を曲解したようでして。私はきちんと、わきまえておりますとも。では、これで失礼いたします」

逃げるように、公爵はその場を去って行った。

「大丈夫か？」

勢い込んで、しかし心配そうに聞いてくるキーファに、リズはうなずいた。

前世とは立場が違う、けれど確かに側にいていつでも話ができる、それはとても安心できる事だとわかったのだ。

「大丈夫」と心の底からの笑顔を見せるリズに、キーファがまぶしそうに目を細める。

リズは考えた。「勘」ではっきりとは見えなかったが、それでも前世の光景が見えた。

「私は魔力持ちじゃないけど、たまに不思議なものが見えるの。聖女候補に選ばれたのもそのせい。さっきアイグナー公爵を見てたら、なぜかはわからないけど前世のハワード家に関する人たちが見えた」

キーファが目を見開き、そして考え込むように口元に片手を当てて言った。

「――わかった。調べてみる」


馬車を待たせてある前庭へと急ぎながら、アイグナー公爵は苦々しげに舌打ちをした。

公爵には前世の記憶があった。

およそ五百年前、名門ハワード家の筆頭執事だったバウアーとしての。

だからキーファが子供の頃に持っていたという青い石のついた古い指輪を見た時、息が止まるかと思った。前世のユージンが恋人セシルのために買った指輪と、うり二つだったからだ。

(まさかキーファ殿下は、ユージン様の生まれ変わりだというのか……!?)

薄々おかしいとは思っていたのだ。幼いキーファが五百年前の王都の様子を、まるで見てきたように話す事があると耳にした時から。

あり得ない。そう思ったが、自分という生まれ変わりがいるのだ、他にいてもおかしくない。

しかしこんな身近に、しかも前世で縁深かった者だなんて。

(皮肉なものだ。いや、幸運というべきか)

馬車に乗り込むと、ピカピカに磨かれた小さなテーブルに、公爵自身の顔が映った。

前世で、ユージンとセシルに対して悪い事をしたとは思っている。

しかし後悔はしていないし、もう一度前世に戻ったら同じ事をするだろう。いや、恩人である旦那様のためにもっと上手くやる。

途中までは思い通りに進んだのだ。若造で人の良いユージンを上手く丸め込めたし、セシルだってちょうどいい時に死んでくれた。

それなのに最後の最後で、ユージンは誰とも結婚せず直系の子孫を残さなかった。どれだけ言っても頑として受け付けなかった。

あれだけは心残りだ。生まれ変わった今でも。

（だから今世は――）

今世こそは、必ず望みを叶えてみせる。

せっかく公爵家の嫡男《ちゃくなん》に生まれ、爵位を継いだのだ。前世で仕えていたハワード家の分も、今世のアイグナー家を盛り立ててみせる。

キーファと娘のグレースを結婚させるという野望もその一つだ。王族と懇意《こんい》になれば、アイグナー家の基盤はより強固なものになる。

キーファがユージンの生まれ変わった姿だとわかった時は愕然《がくぜん》としたが、むしろ好都合だと今では思う。キーファをグレース――自分の決めた相手と結婚させよう。

前世で唯一の心残りを、今世で晴らすのだ。

キーファが前世の記憶をどれだけ持っているのかはわからない。確かめてみようかとも思ったが、やめた。もし確認した拍子に、詳しく思い出されでもしたら大変だからだ。やぶをつついて蛇が出たらかなわない。

それにキーファは、前世で嘘をついてセシルとの仲を引き裂いたのが執事だとは知らない。それを今世で確かめるすべもない。

そして何より、公爵が執事の生まれ変わりだと知らない。

なぜ自分が前世の記憶を持っているのかと、公爵はずっと疑問だったが、このためだったのだ。

それなのに――。

「邪魔だな」

思わず歯ぎしりをした。

あのリズ・ステファンという娘。

今まで色々なツテを使い、何度もグレースをキーファの婚約者にと推してきたのに、公爵の黒いウワサを警戒してか、国王からは良い返事をもらえなかった。黒いウワサはほとんどが真実だから、ごり押しもできない。

だから標的をキーファ本人に変えた。

美形で聡明で大層人気のある王太子は、驚くことに浮いたウワサ一つない。公爵は何かと用事をつくり王宮に出入りして観察したが、お気に入りの女性も、特定の女性もいないようだった。いける、と思った。グレースも乗り気だし、おまけに聖女候補者に選ばれたのだ。キーファと接触する機会も増える。

公爵令嬢と王太子、何の不足もない。あとはグレース本人がキーファに気に入られるだけだ。我が娘ながら美貌も知性も備えている。これで全てがうまくいく。

しかし密偵の神官から定期的に届く神殿内の様子を聞いて驚愕した。

キーファが関心を抱いているのはグレースではなく、平民でアルビノの娘だというのだ。

その神官が言うには、

「これまで特定の女性を作らなかったキーファ殿下が夢中になっているようだ。リズの名前も知らないうちから激しく見つめ合い、何度も呼び出しては二人きりで会っている。自らリズの荷物持ちまで買って出て、自分に出来る事なら何でもすると、熱意を持ってアピールしているようだ」と。

（とんでもない事だ！）

しかもアルビノゆえすぐに候補から外れるだろうと思っていたのに、最も大きな聖なる芽を育てる、一番の有望株だと。

公爵の歯ぎしりが深くなった。

先程「キーファとグレースの婚約が決まった」との嘘に、リズは明らかに動揺していた。リズもキーファを想っているという事か。

（――邪魔な娘だ）

前世のセシルといい、いつの時代にも邪魔な娘というのは存在するものらしい。

障害物は排除する必要がある。

しかもリズの、あのふてぶてしい表情と態度。公爵自ら話しかけているというのに一切ものおじしていなかった。

そこが、気が弱くて扱いやすかったセシルとは決定的に違う。

（セシルは上手い具合に死んでくれたが、リズはどうか？　まずは娘のグレースに任せるが、どうにも出来なかったらその時は――）

8　実から生まれるもの

第二神殿内の食堂で朝食を食べ終えたリズは広間へと向かった。

これから第二回目の選定である。昨夜「聖なる花が咲いたかどうかが二回目の選定の条件」だと聞いたばかりだ。

(心配していたけど花も咲いたし。良かった)

満腹感も合わさって浮かれ気分で広間に入ると、すでにほとんどの候補者と神官たちが集まっていた。

(ロイドさんはどこだろう?)

神官ロイドを捜す。神官たちはみな同じ青のローブを着ていて、ほぼ黒髪なのでわかりづらい。

すると広間の端で、ロイドが同じ年くらいの神官と楽しそうに話をしているのを見つけた。ひょろりと背の高い青年神官と、打ち解けた様子で笑い合っている。驚いた。

(あのロイドさんとあれほど仲が良いだなんて、よっぽど忍耐強い性格の人なんだろうな)

などと失礼な事を考えていると、リズに気付いたロイドが近付いてきた。

「おはよう。何だよ、その驚いたような顔は?　さては僕と話していた神官を見て、よっぽど出来た性格なんだろうなとか考えてただろう?」

「考えてました」

「……相変わらず僕に全く気をつかわないよね」

一応上級神官なんだからもっと敬《うやま》うべきじゃないのか、とぶつぶつ言っているロイドを無視して、壁際にずらっと一列に並ぶ聖なる木を眺めた。

色とりどりの花をつけた十一本の木の前では、武装した神官がいつものように険しい顔で見張りをしている。

（そんな危なそうな花には見えないけど）

どれも特に違和感のない、いたって普通の花だ。他の花の三倍ほどあるリズの異様に大きな白い花と、魔術師の娘の真っ黒な花をのぞけばだが。それでも、その二つも大きく分けてみれば普通の花の範疇《はんちゅう》である。

「でかいね」

隣に立ったロイドが、リズの花を見て感心したように言った。

「やっぱり木自体がでかいと、花もでかいんだな。でも心配していたけど、ちゃんと花も咲いたし良かったよ」

心配してくれていたのかと、驚いて目を見張るリズに、

「本当に失礼だな」

ロイドが顔をしかめた。

「リズを神殿へ連れてきたのは僕だよ。でもまあ、花が咲いたから今回の選定は合格だろ。楽勝、楽勝」

二人で顔を見合わせてアハハと気軽に笑い合う。

そこで神官長が、お付きの神官と一緒に広間に入ってきた。

「おはよう。では今から第二回目の選定を」

始める――という言葉とともに全員の目の前で、突然リズの花が枯れた。

「「……は？」」

何が起きたのかわからない。リズとロイドから同時に間の抜けた声が出た。

リズの真っ白な花びらがみるみるうちに茶色くなり、汚らしくしぼんでいく。広間中が、あ然と見守る中、ボトン！　という不吉な音をたてて、花の残がいが無残に床に転げ落ちた。

「「ええ⁉」」

リズとロイドは思わず声を上げた。

（何で？　嘘でしょう⁉）

「ちょっと、いきなり花が枯れたわよ！」

「さっきまで普通に咲いていたじゃない！　でも待って。花が咲いていたら合格なんでしょう？

「まさかリズは不合格って事……？」

　ざわつく候補者たちの中心で、心配そうに頬をゆがめるひそひそ娘のナタリーと、眉根を寄せながらも目を輝かせる公爵令嬢グレースの姿がある。

（やめてよ。不合格だなんて冗談じゃない。どうして突然？）

　リズが青ざめた時、突如、神官長の鋭い声が広間中に響き渡った。

「全員、今すぐ退避！　広間の外へ出るんだ！」

（はあ⁉）

　一気に空気が張り詰めた。緊迫した中、厳しい顔つきの神官たちが候補者たちをかばうようにして強引に扉の外へと連れ出す。

「何？　何なの⁉」

「どういう事ですか？　なぜ逃げなければならないんですか⁉」

「いいから話は後だ！　早く出るんだ！」

　団子状態で連れ出される最中、何とか振り向いたリズの視界の片隅に、花が枯れ落ちた後のリズの聖なる木を取り囲む神官たちの姿が映った。

　広間の重厚な扉が閉まった。廊下に集まった候補者たちは皆、不安そうな顔や納得のいかない顔をしている。

そんな中、神官長が先程とは打って変わってにこやかな顔で、何事もなかったように笑った。

「突然すまなかったな。では場所は変わったが、予定通り第二回目の選定を行うとしよう」

そうじゃない！　と候補者全員が思ったはずだ。

「神官長様！」

凛と声を張り上げたのは公爵令嬢グレースだ。

「それより先に、なぜ広間から出なければいけなかったのか説明して頂けますか？　それと、神官長様のおっしゃった『食べられる』や『危害を加えられる』といった、とんでもないものが咲いた者はおりませんでした。皆、普通の花でしたわ」

「広間から出たのは念のためだよ。それに花が危険だと言ったのは、半分は嘘だ。命が危ないと言っても恐れずに、必ず聖女になるという気概を確かめたかった。皆逃げずに、ちゃんと花を咲かせた。第二回目の選定はここにいる十一人、全員が合格じゃ」

満足そうに笑う神官長に、とりあえず良かったとリズがホッとした時、グレースのかすかに険のある声が響いた。

「リズも合格なのですか？　確かに一度花は咲きましたが先ほど枯れ落ちました。その者にふさわしい花が咲くというのなら、花が枯れるという事はその者の素質を示しているのではないかと思うのですが」

グレースが表情を変えずにリズを見る。リズもまともに見返した。二人の視線が交わる。

苦手な貴族令嬢という事もあるが、アイグナー公爵の事を思い出して落ち着かない気分になった。

神官長がそんなリズたちを見ながら、細いあごを片手でゆっくりとなでた。

「花が枯れたという事は、実がなるという事だよ。最初に聖なる種を渡した時に言っただろう。『芽が出て花が咲き、そして実がつく』と。最も危険で予測がつかないのは花ではなく実、それも実の中身だ。

そのために事前に『花が危険だ』と嘘をつき、それでも君たちが立ち向かうか、その決心を確かめた。広間に聖なる木を集めて見張りをつけたのも、そのためだ。いざ実がなってからでは遅過ぎるからのう」

広間の扉が細く開き、見張りの神官が顔を出した。神官長の耳元で何事かささやく。

「そうか、ご苦労。扉を開けて良い」

興味津々に広間の中をのぞいた候補者たちが一斉に悲鳴を上げた。

「何よ、あれ⁉」

神官たちが取り囲むリズの木には、花が落ちた後に白い実がついていた。しかも、すでにリズの顔くらいの大きさに成長している。

実はサワサワと風もないのに揺れていた。まるで自らの意思を持っているかのように。

「リズ・ステファン」

神官長に名前を呼ばれ「はい」と驚きつつ振り向くと、神官長の厳しい程に真剣な顔がそこにあった。

「あれほど成長した聖なる木は、このアストリア国で聖女選定が始まって以来、初めてのようだ。あそこまで大きな実がつくのも。何か、とんでもなく大きなものが生まれ――いや、出てくるかもしれん。気を付けなさい」

神官長が労《いた》わるようにポンとリズの肩を叩いた。

「……気を付けろって、どうやって気を付ければいいんですか？」

神官長は答えずにあいまいに笑うと、ポンポン！　とリズの肩をさらに強く叩く。

どうやら気を付ける方法はわからないようだ。

（どうしろっていうのよ……）

サワサワ、サワサワサワと動く白い実をひたすら見つめるリズの後ろで、公爵令嬢グレースがギリリと強く唇を噛みしめていた。

❖ ❖ ❖ ❖

選定が終わり、グレースはひそひそ娘ナタリーを自室へと呼び出した。

緊張した面持ちのナタリーはすぐにやって来た。グレースは満足して微笑んだ。

下位貴族の娘であるナタリーが、上位貴族の娘のグレースの言う事を聞くのは当然である。正しい事だ。

人にはそれぞれ、ふさわしい地位と場所と扱われ方があるとグレースは思っている。

だからこそ次期聖女にふさわしいのは、候補者たちの中で最も身分の高い自分のはずだ。

ゆえにナタリーがグレースよりも先に花を咲かすなんてあってはならない事だし、たかが宮廷魔術師の娘が自分と張り合えるような花を咲かせたのも気に入らない。

（けれど、何より――）

何より気に入らないのは、リズだ。いわば世の中の理《ことわり》というものを、ぶち壊そうとしてくる。

そもそも平民で、しかも魔力持ちでもないリズがなぜ聖女候補なのだ？　おかしいではないか。

以前に、ナタリーを使って「候補から外れろ」と忠告してやったというのに、素直に聞くどころか、全く聞く耳を持っていない。のうのうと神殿に居座り続けている。

（冗談ではないわ）

アルビノが次期聖女になるなんて。

リズを初めて見た時、てっきり神殿側の間違いで、すぐにいなくなると思っていた。だから鷹揚《おうよう》に構えていられた。それなのに、未だに神殿側は静観の構えを崩さない。

そして何より神官長や神官たちが、自分とリズを同格に扱っている事こそが、グレースにとって最も信じがたく許せない事だった。

さらにリズは、キーファとまで親しげである。

グレースは幼い頃から、父親である公爵に連れられて王宮に出入りしていた。将来、グレースとキーファが結婚する事を、父親が強く望んでいるとわかっていた。周りからも二人はお似合いだと言われたし、グレース自身もまんざらではなかった。

第一王子のキーファは順当にいけば将来は国王だ。聡明で人当たりも良いキーファが身を持ち崩す事はないだろうから、結婚したらグレースは将来の王妃となる。

公爵家の令嬢で年齢も同じくらい。幼い頃から見た目には気を遣ってきたし、頑張って教養も礼儀作法も身に着けた。

自分以上に王太子妃にふさわしい者はいない。

周囲の者たちも、一人残らずそう思っているはずだ。

(それなのに……!)

胸の内を焼き尽くすような憤怒《ふんぬ》が込み上げてきた。

キーファから望まれるのも自分であるはずだ。断じて、あのリズなどではない。

自分とリズとでは住む世界が違うのだ。グレースだってリズがきちんと身分をわきまえていれば、広い心で接してやれる。ただ地べたを這《は》いずり回っているだけの虫が、特に気にならないのと同じように。

しかし、その虫が人間をおびやかすとなれば話は別だ。害虫は駆除されなくては。

それに使える「手」を、グレースはすでに持っているのだから――。

「何のご用でしょうか？」

グレースの部屋へ呼び出されたナタリーは緊張しながら口を開いた。

向かい合って座るグレースは、いつもの優美な笑みを浮かべていた。豪華なドレスとその見事な着こなし、つやのある話し方と仕草、どれをとっても見とれるほどだ。

「あのねナタリー、ここだけの話よ。リズの聖なる実が大き過ぎて危険だと、神官長様がおっしゃっているんですって。けれど実を除去する事は、聖なる力を持つ私たち候補者たちにしか出来ないそうなの。私はアイグナー公爵家の娘だから、こういった話が耳に入るのよ。

それで候補者のうちの誰かにリズの実を取り去ってもらいたい、それには一番最初に聖なる花を咲かせたナタリーがふさわしいんじゃないかと、そんな話が出ているんですって」

「私がリズの実を取り去る……？」

思ってもいなかった言葉に、ナタリーは呆然と繰り返した。

「ええ」

グレースが優美な笑みを浮かべてうなずいた。

「神官長様に指名されるだなんて、とても名誉な事よね。私も一番仲の良いナタリーが選ばれて鼻が高いわ」

とても光栄な事を言われているのに、素直に嬉しいと思えないのはどうしてなんだろう。

ナタリーはおずおずと切り出した。

「あの失礼ですが、本当に神官長様がそう、おっしゃったんですよね……？」

「私が嘘をついていると？」

途端にグレースの顔色が変わり、ナタリーは慌てて首を横に振って否定した。

「いいえ、まさか！　私なんかがそんな大役に指名されるなんて、とても信じられなくて……」

「大丈夫よ。確かにそうおっしゃっていた。この私が保証するわ」

ナタリーの家より遥かに身分の高いアイグナー公爵家のグレースにここまで言われては、ナタリーには断る事なんてできない。だいたい断る理由もない。神官長に、そして公爵家の令嬢に任されたのだ。こんな名誉な事はない。


――これが本当の話ならば。


いつから、こんな事を思うようになったんだろう？

憧れの存在のグレースを疑うなんて。

（リズに会ったからだ）

神殿に来たばかりの頃、ナタリーはグレースが話すリズをそのまま信じ込んでいた。もちろんグレースは表立っては悪口を言わず、心配しているかのように話していたけれど、それでもにじみ出てくる悪意というものはわかる。

でも、その通りなのだと思っていた。だってリズは平民で魔力持ちではない。

それなのに一番大きな木を成長させて、神官長様も驚く程で、何よりキーファ王太子と親しげという、わけのわからない少女だった。

あまり笑わないし愛想も悪い。おまけに図太いし態度もでかいし、人となれ合わない。いけ好かない少女だ。そう思っていたのに――。

皆が恐がっていたナタリーの聖なる花を大丈夫だと言ってくれた。きれいな花だと。リズ自身は花が咲かなくて焦っていたはずなのに、ナタリーが花を咲かせた事を素直に喜んでくれた。

「聖なる芽」の時も、クレアという候補者のために、一生懸命手伝っていた事を知っている。

グレースが言う「リズ」と、ナタリーが自分自身で感じた「リズ」は違った。

そんなリズの実を取り去る――？

下手したらリズは失格になるじゃないか。

ナタリーは息を呑んで、目の前のグレースを見つめた。

信用していいのだろうか？　――わからない。

グレースの父親であるアイグナー公爵は、しょっちゅう王宮に出入りしていると聞く。グレースの言った通り、公爵令嬢だからこそ耳に入ってくる情報があるというのはわかる。

でも、さすがにリズの実を取り去るなんて――。

悩むナタリーをじっと見つめていたグレースが、ため息をついた。

「やっぱりナタリーは私の事を信用していないのね」

「そんな事……！」

「いいのよ。信じられないのも仕方ないわよね。でも、この人から聞いたら信用すると思うのよ」

部屋に入ってきたのは、ナタリーを聖女候補として神殿に連れてきた、髪の長い上級神官トマだった。

「トマ様⁉」

「ナタリー、グレース嬢の言った事は本当だよ。神官長様は秘密裏に、そして他の候補者たちには――もちろんリズにもね――知られないように、リズの実を君に取り去ってもらいたいと言っていた。リズには残念だが皆の安全が最優先だと。私はそれを伝えに来たんだよ」

いつもと違い目をそらされがちだったが、神官長命令だとはっきり言った。

（本当だったの……？）

ナタリーは焦った。何て事だ。グレースを疑ってしまった。

「申し訳ありません、グレース様！　私、精一杯やらせていただきます！」

「よろしくね」

勢いよく頭を下げるナタリーの前で、グレースの目が静かに輝いた。

その日の夜、闇にまぎれてナタリーは静かに広間の扉を開けた。星はなく、月もぶあつい雲で隠れがちだ。窓から見えるのは一面の闇。まるで自分の心中を表しているようで背筋がゾクッとした。たいまつを持っているが自分の足元しか見えない。自分の息遣いと虫の小さな鳴き声以外、辺りは静まり返っている。

(これは本当に正しい事なの……?)

一度は信じたのに、またムクムクと疑問がわいてきた。

決行は早い方が良いと言われ急きょ今夜になったのだが、グレースも神官トマも少し焦っていたように見えた。大体、当の神官長にも会っていない。

何だか強引なようにも思える。

しかし神官トマが「私が神官長に頼まれた。いわば代理だ」と言っていたし、何より下級貴族のナタリーが上級貴族のグレースを疑うなんてあってはならない事だ。

(これでいいんだ。これが正しい事なんだ)

自分を無理やり納得させて、ナタリーは慎重に歩を進めた。

見張りの神官はいなかった。グレースの言った通りだ。

たいまつを近付けると、闇の中に一列に並ぶ候補たちの聖なる木が浮かんだ。一番端にあるリズの木を見て驚いた。ぶら下がる実は、朝に見た大きさの二倍になっていた。

（すごい）

息を呑んで、さらに一歩近づく。心臓の鼓動は今にも爆発しそうなくらい速い。

何回も深呼吸をしてから、一抱えもある程のリズの実の上部に恐る恐る手をかけた。

まん丸の白い実の表面には筋が網目のようについていて、中はほぼ見えないが、ぎゅっと何かが詰まっている感じがする。

（早く！　早く取り去らないと……！）

心は焦るのに、体がそれ以上動かない。まるで全身が凍り付いてしまったように、どうしてもどうしても動かないのだ。

「ナタリー、早くしなさい！」

広間の扉の前辺りからグレースのきつい声が飛ぶ。

ナタリーの全身から冷や汗がふき出した。

不意に「きれいな花じゃない。良かったね」とリズの笑った顔が脳裏に浮かんだ。

誰もが恐がったナタリーの花をきれいだと笑った。そんなリズなら、この実を取り去るだろうか？　取らずに、何とかしようとするのではないだろうか？　誰かの言いなりになるのではなく、この実を取らなくても何とかできる方法を、手段を、自分で考えるのではないだろうか――？

（ダメだ！）

心の底から強く思った。

「グレース様、私にはできません！」

「何を言っているの！　神官長様の命令を無視するというの⁉」

「でも、でも……リズならこんな事しません……！」

泣きたい気持ちで叫んだ瞬間、不意に「それ」と目が合った。

「え？」

最初は何と目が合ったのかわからなかった。

それは実の中で突然、目を開けた。大きな赤い切れ長の、獣《けもの》のような目。

実の中には真っ白な体を窮屈《きゅうくつ》そうに丸めた「何か」がいて、その「何か」が目を開けてナタリーを見たのだとわかった。

「ひいっ‼」

膝から力が抜けて、その場に座り込む。

「どうしたの⁉」

グレースが声を上げたが、声だけで、ナタリーに近寄って来ようという気はさらさらないようだった。

（何なの、これ！　生きてるの⁉）

ナタリーはパニックになって、わめいた。

「目が！　リズの実の中に目があるんです！　何か生き物のようなものが……」

「――たいまつを持っているでしょう。それで実ごと燃やしてしまいなさい」

「でもグレース様……！」

「出てくる前に燃やし尽くしなさい！　危険なものだと言ったでしょう。これは公爵令嬢としての命令よ、ナタリー！」

恐怖で一歩も動けないナタリーの前で、実の中の赤い目がゆっくりと動いた。ナタリーの持っているたいまつの炎を凝視《ぎょうし》する。これで焼かれてしまうとわかったのだろうか。不意に赤い目が光った。実が激しく動く。まるで実の表面を突き破って、今にも這い出ようとしているかのように。

「いや――！」

ただただ怖くて、ナタリーはたいまつをやみくもに突き出した。実の上部――枝からぶら下がっている部分に火が移る。太い枝が燃え上がり、やがてボトン！　と不吉な音とともに、期せずして実だけが床に落ちた。

冷たい床に実が転がる。

実の中の目が燃えるような熱を帯びた。怒っているのだとナタリーにもわかった。

底冷えするような冷たい目ににらまれた瞬間、ナタリーが持っていたたいまつの炎が、文字通り火を噴いた。実の上部に押し付けた事で火はすでに消えかかっていたのに、まるで魔法のように急激に炎が舞い上がる。そんな感じだった。

「何これ⁉」

驚愕して、とっさにたいまつを投げ捨てたが、炎の燃え上がる勢いはそれよりも早く、ナタリーの右の頬に炎の先がふれた。

「きゃああ！」

熱さと刺すような痛み、そして恐怖がナタリーを襲う。

顔をやけどでもしたら貴族令嬢としての将来はない。誰とも結婚できなくなってしまう。痛みよりも熱さよりも、その事の方が怖ろしかった。

「助けてください、グレース様！」

悲鳴をあげて必死で助けを求めるものの、グレースが近寄ってくる気配すらない。

ナタリーは死に物ぐるいで右の頬を両手で叩いた。皮膚が焼ける匂いがただよう。火はすぐに消えたものの、代わりに突き刺すような激しい痛みが右頬に広がった。

「どうしたんだ⁉　何だ、今の悲鳴は！」

「扉の内側から鍵がかかっているぞ！　おい、ここを開けないか！」

神官たちが広間の前の廊下に集まり、必死で扉を開けようとしている。

候補者たちも悲鳴を聞きつけたのか集まってきた。

「さっきの悲鳴はナタリーじゃない？」

「ナタリーの部屋をのぞいたら姿がなかったわよ。こんな夜中に広間で一体何をしているの⁉」

広間の扉は閉まっていても、静かな夜の事、ナタリーの切羽詰まったような叫び声は第二神殿中に響いたのだ。

リズもまた皆の後方で、せくようにざわつく心を必死で抑えていた。ひどく胸騒ぎがして落ち着かない。

ナタリーの身に何か起こっている気がする。しかも良くない事が。

ここへ駆けつけてくる途中で、ふと何かに引っ張られるようにグレースの部屋のドアをノックしたが返事はなかった。そして集まって騒いでいる候補者たちの中にも、グレースの姿はない。

グレースもナタリーと一緒に広間の中にいるのだ。けれど――。

考えれば考えるほど不吉な考えが浮かんできて、リズは体の前で冷たくなってくる両手を強く握りしめた。

「扉が開いたぞ！」

一斉になだれ込み、真っ暗な広間の中を、神官たちが持ったいまつの火が照らし出す。

壁際にずらりと並んだ聖なる木の前で、ナタリーが力なくうずくまっていた。

「ナタリー！」

リズの呼ぶ声に、ナタリーがゆっくりと顔を向けてきた。涙でぐちゃぐちゃになった顔は怯えたように引きつっていて、そして何よりも右の頬から首にかけてが赤くなり、やけどしているようだ。大きな水ぶくれがいくつもできていて、見るからに痛々しい。

「ナタ……」

駆け寄ろうとしてリズは息を呑んだ。


ナタリーの向こう側に転がっているリズの白い大きな聖なる実、それがピクリと動いたのだ。そして中から何かが出ようとしているかのように実が激しく動きだした。

「おい、リズ・ステファンの聖なる実が動いているぞ！」

「何か出てくるのか……⁉」

神官たちが一斉に構えた時、実の中の「それ」が目を開けてこちらを見た。

「きゃああ！」

ナタリーが顔をおおって悲鳴をあげる。

獣のような鋭い目は神官たちの持つたいまつの火を凝視した。また燃やされるとでも思ったのか、目に強い光が宿った瞬間、神官たちのたいまつが火を噴いた。

「うわあ！　何だ、これは⁉」

大騒ぎになる中、リズは急いでナタリーの許へ駆け寄った。

「ナタリー、大丈夫⁉」

「リズ！」

ナタリーが泣きながら、すがりついてくる。

「一体、何があったの⁉　その、やけどはどうして？」

「ごめんなさい、ごめんなさい！　私、リズの実を取ってしまった……。そうしたら目が合って、火が、火が……！」

パニックを起こしているように要領を得ないナタリーをなだめつつ、とにかく医務室へ連れて行こうとした時、

「危ない！」

と神官ロイドの声がして、リズは背中を思いきり突き飛ばされた。ナタリーごと勢いよく床に倒れ込む。

「ロイドさん、いきなり何を……⁉」

するんですか！　という非難は、リズのすぐ目の前をほとばしっていった白い炎にかき消された。

白い炎はそのまま壁に突き当たり、穴の空いた壁がすさまじい音をたてて向こう側にはじけ飛ぶ。

リズは絶句した。ロイドが突き飛ばしてくれなかったら、リズもナタリーも壁と一緒に吹き飛ん

でいただろう。

「――ありがとうございます」

「礼はいいよ。それより見てみろよ」

床に転がったリズの白い聖なる実。その上部に亀裂が入っていて、白い炎はそこから噴き出していた。

正確に言うと実の中に入っているものが、亀裂の裂け目から炎を吐き出しているのだ。

「一体何が入って……ちょっとロイドさん、何を笑ってるんですか？」

リズは呆れた。悲鳴と怒号が飛び交う中で、実を見つめるロイドの顔には、楽しそうな笑みが浮かんでいたからだ。

「だって今の炎を見ただろ？　すごいじゃん。規格外だよ。今までの聖女候補者の中で、あんな実がついたなんて聞いた事ない。何かすごいのが出てくるんじゃないか？」

「何を楽しそうに言って……」

再び、ゴウッと耳をつんざくような音がして、目の前を白い炎が駆け抜けた。かすりもしないのに熱風で前髪がちりちりと焼け焦げる。

神官たちが呪文をとなえて何とか抑えようとしているが、白い炎の勢いはすさまじく、神官たちの魔法では抑えるどころか弱める事すらできない。

「すごいね。僕たち神官の魔法なんて相手にされてないよ」

さらに目を輝かせるロイドもどうかと思う。

「おい、見ろ！」

神官たちのうわずった叫び声が響いた。

全員が息をつめて見守る中、床の上でもがくように、左右に激しく動いていたリズの白い大きな実の亀裂が深くなった。そして、パンッ！　とはじけるような音とともに実の皮がはじけ散った。

「出てくるぞ！　気を付けろ！」

隣で明らかにワクワクしているロイドに舌打ちをしつつ、リズは息をつめて見守った。


はじけた実から最初に出てきたのは、鋭い爪のついた白い手だった。

続いて固そうな角のついた精悍《せいかん》な顔、たくましいながらも俊敏《しゅんびん》そうな体。一対のしなやかな翼がバサリと音を立てて開く。

全身輝くばかりの真っ白な聖竜だった。

実の中にどうやって入っていたのか、リズの六倍ほどの大きさだ。見下ろしてくる二つの赤い目が荘厳《そうごん》な光を放つ。


神官たちが息を呑み、呆然とつぶやいた。

「まさか聖竜が出てくるとは……」

「今までの聖女選定でも聞いた事がないぞ……」

皆、息をする事も忘れたように一心に、凛と立つ聖竜を見つめる。

驚いて立ち尽くすリズの許へ、聖竜がゆっくりと二本の足で歩いてきた。

(吸い込まれそうな目だな)

リズと同じ深い赤色の目。さっきの白い炎は恐ろしかったけれど、今は不思議と怖さは感じない。

天井に頭がつきそうなほど大きな聖竜と向かい合う。そして——聖竜が炎を吐いた。

(嘘でしょう⁉)

「リズ、避《よ》けろ！」

ロイドの怒号が飛び、リズは無我夢中で飛びのいた。

床に這いつくばり、息を荒くして振り返ると、リズがいた場所は黒く焼け焦げていた。

ゾッとした。

(私の実から生まれたものでも、私になついているわけではないんだ……)

予想外だ。

逆側に身をかわしていたロイドと目が合い、同じ事を思っているとわかった。すなわち「予想外」である。

「聖竜が出た事は良かったけど、制御できないなら問題が増えただけだな」

ローブに付いたすすを払いながら、ロイドがぼやいた。

「おい、来たぞ！」

「リズ・ステファン！　お前が生み出したんだろう、何とかしないか！」

聖竜を傷つけるわけにもいかず、かといって炎を抑える事もできない神官たちが、やけくそのように叫んでくる。

（何とかと言われても……）

状況はわかるが、困る。

皆が戦々恐々としている中、ふと聖竜が長い首を回して後ろを振り返った。続いて右側、左側。何かを目で追いかけるようにキョロキョロと首を動かし始めた。

「どうしたんだ？」

けげんそうに顔を見合わせるものの、神官たちは何かに聖竜の気が取られて、炎を吐かなくなった事にホッとしている様子だ。

（何、あれ？）

リズは目を細めた。他の者たちには見えていないようだが、聖竜の顔の周りを黒い小さな影のようなものが飛びかっている。いや、飛びかっているというよりは跳ねているようだ。黒い虫、いや小さな動物のような真っ黒な影が、まるで聖竜の気を引くように飛び跳ねている――。

そこで神官の一人がナタリーを詰問《きつもん》する声に、ハッと我に返った。

「こんな夜中に広間で何をやっていたんだ？　聖なる木を見張っていた神官が、さっき神殿の奥庭で見つかったぞ！　背後から後頭部を殴られて気を失い、両手足を縄で縛られていた。君がやったのか⁉」

顔を真っ赤にして怒る神官の前で、ナタリーが真っ青な顔で一生懸命、否定している。

「い、いいえ、まさか！　グレース様から聞いたんです。神官長様が私に、リズの実を取り去って欲しいと言っていたと――」

「まあ、どうなさったの？　この騒ぎは何？」

広間の入口から、当のグレースが驚いたように目を丸くして入ってきた。

「え……グレース様？」

ぽかんとなるナタリー。

当然である。広間にずっと一緒にいたはずのグレースが、いかにもナタリーの悲鳴を聞きつけて初めて広間に駆け付けた、という登場の仕方をしたのだから。

恐らくは神官や候補者たちが広間に入ってきた時、さっとカーテンのかげにでも隠れ、暗闇に乗じてこっそりと広間を出て、再び何食わぬ顔で戻って来たのだろう。

「まあ、ナタリー。その顔は一体どうしたの？」

グレースが驚いたように目を見開いた瞬間、ナタリーが悲しいほど青ざめた。

グレースがすっとぼけようとしている事を理解したのだろう。あくまで、今回の事はナタリーが一人で考え行動した事で、自分は一切関係ないと、態度と行動で示しているのだと。

ナタリーがあり得ないというように、勢いよく頭を左右に振った。夢なら早く覚めて欲しいと願っているかのように。

そして叫んだ。

「神官長様が、リズの実が危険だから私に取り去って欲しいとおっしゃっていると、グレース様が言ったんじゃないですか！　だから今夜一緒に、この広間に来て……！」

「まあ何を言っているの、ナタリー。嘘をつくのはやめてちょうだい。私は何も言っていないし、神官長様がそんな事をおっしゃったなんて話も聞いた事がないわ。全てあなたが勝手にした事でしょう？　リズの実も、自分が聖女になるために邪魔だから取り去っただけよね？

ナタリーは以前からリズを嫌っていたものね。ずっとリズの悪口を言っていた事を皆が知っているわ」

「そんな……そうだ、グレース様が私にその話をした時、神官のトマ様も一緒にいたんです！　トマ様に聞いてくだされればわかります！」

「私ならここにいるよ」

進み出てきた神官トマに、ナタリーが救われたという笑みを浮かべた。

「良かった！　トマ様も聞きましたよね？　グレース様が私に――」

「残念だが、私はそんな事を聞いた覚えはないよ」

神官トマは、悲しそうな顔で首を横に振って否定する。

「ナタリー、君がリズ・ステファンの事を嫌っていたのは私も知っている。しかし、まさかリズを蹴落《けお》とすためにここまでするとは考えていなかった」

「トマ……様？」

やけどの痛みも忘れたようにナタリーが呆然とつぶやいた。

その後ろでグレースが困ったような表情をしながらも、わいてくる笑みを隠すかのように口元に手をやった。

絶望したような表情で立ち尽くすナタリーの姿に、リズは思わず一歩踏み出した。その視界のすみに、壁際に置かれたグレースの聖なる花が映った。

グレースの深紅の優美な花びら、それがまるでグレースの態度に応えるかのように、はらり、はらりと次々と床に落ちていく。

リズは目を見張った。

（グレースの花が枯れ始めている……）

花びらが一枚残らず枯れ落ちた後、目にもあざやかな赤い丸い実がムクムクとふくらんできた。

途端にグレースの顔が輝いた。

「まあ、きれい。やっぱり、その者にふさわしい実がつくのね」

実に満足そうだ。中に入っているのは、リズに負けないくらい素晴らしいものだと確信していると、表情が語っている。

対して全ての罪をかぶせられ、その場に力なく膝をついたナタリーが、のどの奥から声を振りしぼるようにして叫んだ。

「……どうしてですか？　グレース様、どうしてですか⁉　私はグレース様を信じたのに！」

「何の話かわからないわ。本当に言いがかりはやめてちょうだい」

グレースがいかにもうっとうしそうに眉根を寄せて、一刻も早く自分から切り離したいかのような冷たい目でナタリーを見下ろした。

ナタリーの顔が絶望したようにゆがんだ。

少し疑ってはいたものの、ナタリーは心の底からグレースを慕っていたのだろう。ずっと憧れていた。だから最後まで信じた。それなのにグレースにとって、ナタリーはただの都合よく扱える、使い捨ての駒でしかなかったと悟ったのだ。

「そんな……」

ナタリーが悲しいくらい、うなだれる。

後に残ったのは、リズの実を卑劣なやり方で取り去ったという罪と、右頬から首にかけての大きなやけどの跡だけだ。罪を犯し、聖女候補としても失格になり、おまけに貴族令嬢としての将来も失った。

「そんな……！」

床に頭を打ち付けて、ナタリーが震える両手で髪をぐしゃぐしゃにかき回す。

銀の髪飾りが、カツンと乾いた音をたてて床に落ちた。

次々とこぼれる涙で、やけどした右頬が痛むのだろうが、それ以上に心の方が痛いのだろう。体中を震わせて、声も詰まらせて泣く姿は哀れだった。

（……！）

込み上げてくる強い思いに、リズは両手をきつく握りしめた。

ナタリーの事をそれほど知っているわけではないし、自分が好かれているとも思っていない。何よりグレースの言う事の方が理にかなっている。

けれど、どうしてもナタリーの言葉が嘘だとは思えないのだ。

リズは「グレース」と静かに話しかけた。

「私にはナタリーが言った事は嘘だとは思えない。私がこの広間へ来る時、グレースの部屋のドアをノックしたけど返事はなかったわ。あの時すでに部屋にいなくて、ナタリーと一緒にこの広間にいたんじゃないの？」

「いつも耳栓をして眠るのよ。だからナタリーの悲鳴も聞こえなかったし、皆の声や物音に気付くのが遅れてしまったの。だから後から、急いで駆けつけたのよ」

グレースは余裕たっぷりの表情だ。どれだけ追及されてもかわせる。だって証拠はないのだから。それをよくわかっている態度だった。

リズは顔をゆがめた。ナタリーの泣く声が耳に突き刺さる。

「ナタリー……」

と小さく呼びかけた瞬間、リズの脳裏に、真実が映像のように次々と流れ込んできた。リズの「勘」の力だ。

グレースがナタリーに「神官長の命令だ」とリズの実を取り去るように指示した事、公爵家の後ろ盾をエサにグレースが神官トマを懐柔《かいじゅう》し、そのトマが見張りの神官を遠ざけて気を失わせた事、その隙にグレースとナタリーが広間へやって来た事――。

（やっぱり）

勢いよく顔を上げて激しくグレースを見つめる。

（やっぱり、そうだったんだ。でも……）

悔しい。それを皆に納得させられるだけのすべがない。

（いいえ、何かあるはずよ。何か――）

勝ち誇ったような態度のグレースの前で、必死で考えた。そして――リズは凛と顔を上げて、グレースやトマ、そして神官たちを見回した。

「聖竜の声が聞こえました。『グレースとトマは嘘をついている。ナタリーの言う事が真実だ』と！」

「何だと⁉」

神官たちが驚愕の声を上げて、広間のすみにいる聖竜を振りあおいだ。

だが聖竜はまだ、顔の周りの黒い影をひたすら追いかけている最中で、落ち着きなくその場をぐるぐると回っているだけだ。

本当か？　と疑わしげな神官たちの視線を無視して、リズは続けた。

「『自分は実の中にいて全てを見ていた。ナタリーは二人にだまされたのだ』と、確かにそう言っています」

神官トマが青ざめた。

聖竜は実の中、いわばこの広間にずっといたのだ。グレースとナタリーのやり取りの全てを見られていたと気付いたのだろう。

候補者たちが顔を見合わせて、一斉に騒ぎ始めた。

「本当なの？　グレースたちは神官長様の名をかたってナタリーをだましたという事？」

「トマ様はナタリーを神殿へ連れてきた神官でしょう？　……でも本当だったら、ナタリーはあんなひどいやけどまで負っているのよ。許せる事じゃないわ」

隣で腕組みをして立っていたロイドが、ちらりとリズを見て小さく笑った瞬間、グレースが怒りに燃える顔でにらみつけてきた。

「ふざけないでちょうだい！　そんなの嘘に決まっているでしょう！」

「嘘じゃないわ。聖竜の声が、こう……頭の中に流れ込んできたのよ。直接ね」

「そんな事……あり得ない！」

「私も不思議だわ。でも聖竜のする事だから」

動揺したように一歩後ずさるグレース。その後ろでロイドが、

「聖竜は僕たち神官の魔力を、はるかに凌駕《りょうが》していた。リズの脳内に直接、話しかける事くらい簡単だよね。何せ、聖なる実から生まれた、聖なる竜だから」

「聖なる」を強調しながら、恐れ多いといったように何度も首を横に振る。

それを受けて、候補者たちがざわめき始めた。

「そうよね。だって聖竜だもの。さっきの白い炎を見たわ、あんなすごい魔力を持ってるんだもの。リズの頭の中に直接話しかけるくらい訳ないわよ」

「じゃあグレースは本当に……」

候補者たちが顔を見合わせる。

場の雰囲気がリズに流されていっていると感じたのか、グレースが焦ったような笑みを浮かべた。

「ちょっと待ってちょうだい。リズがそう言っているだけでしょう。聖竜の声なんて他の誰にも聞こえなかったんだから。リズは以前から貴族を毛嫌いしていたと、リズの故郷の村の領主筋から聞いたわ。私に対する態度がずっとそっけなくて冷たくて、敵視されているように感じたのも、そのせいなのよ」

しおらしく肩を落とす。

村で暮らしていた時の事なんて、いつ調べたんだ？　と驚くリズの前で、候補者たちが「そういえば、私もリズにそっけない態度をとられるわ！　私が準貴族家の娘だからなのね！」

「私は貴族じゃないけど、私に対してもリズはそっけないわよ」

「というか誰に対してもそうじゃない？　愛想がないのよ」

好き勝手な事を言っている。

しかしグレースの言葉で、聖竜が言ったという事の信ぴょう性はうやむやになってしまった。リズが顔をしかめていると、

「リズ」

とロイドに小声で話しかけられた。めずらしく真剣な顔をしている。

「何ですか？」

「聖竜の声が聞こえた、とかは置いといて、グレースがナタリーをだましたと言った事は本当なんだな？」

「本当です。『勘』で見えましたから」

「そうか。――全く、神官長が留守にしている時に。いや、だからこそ今夜を狙ったのか。……逃げた方がいい。『その者にふさわしい実がつく』としたら、グレースのあの実、やばいぞ」


ロイドが言ったそばから、こぶし大の赤い実の表面にぴきぴきと亀裂が入っていく。

「何が出てくるのかしら？　聖獣、それとも妖精？」

全く疑っていない様子のグレースが嬉しそうな笑みを浮かべた。

しかしいつまでたっても、横一直線に亀裂が入った実からは何も出てこない。神官トマが近付いていき、亀裂から中をのぞきこんで驚きの声をあげた。

「からっぽだ。実の中には何も入っていない！」

「どういう事なの？」

グレースがけげんそうに顔をしかめた瞬間、横に入った割れ目が、ちょうど生き物の口のように左右に引き伸びた。


まるで実自体が意思を持ち、獲物を見つけてニタリと笑ったかのように。

のぞきこんでいたトマが頭から吸い込まれた。まるでパクリと食われたようだ。肩のあたりまで一気に飲み込まれたトマが、這い出ようと必死にもがく。

「何だ⁉　どうなっているんだ！　助け――――！」

くぐもった叫び声は非情にも途切れた。トマの体が完全に実の中に消えてしまったからだ。

「きゃああ――――‼」

「神官が食べられたわよ！　人食いの実だわ‼」

候補者たちがけたたましい悲鳴をあげて、一斉に扉へ向かって逃げ出した。


あまりの光景にリズは体が固まってしまった。とても現実とは思えない。

グレースの実は、最初リズの顔よりも小さかったのに、トマを飲み込んだ今、大きくふくれあがっていた。表面がでこぼこといくつも突き出ていて、それがさらに気味悪さを増している。

そんな人食いの実がこっちを見た。目なんてないのに、確かにこっちを見たように感じられて、ザワリと鳥肌がたった。

しかし実が見つめていたのはリズではなくグレースだった。ニタリ、と実の中心に入った亀裂がまた笑ったように見えた瞬間、根元が埋まっている豪華な鉢が音を立てて割れた。

土がところどころ絡みついた白い根っこが、まるで足のように床を踏みしめ、舌なめずりをするように一心にグレースに向かってきた。

「来ないで、来ないで！」

真っ青になったグレースが震える体をひるがえして逃げ出した。

グレースが育てあげた、あれほど誇りにしていた「聖なる実」は、ただの「化け物」になり果てた。

悲鳴をあげながら何とか逃げきろうとするグレースの左腕が、追いついた実にパクンと飲み込まれる。

「いやぁあ！　助けて、助けて――――!!」

絶叫が広間に響いた。


左肩の付け根まですっぽりと実に飲み込まれているグレースの顔は、真っ青を通り越して蒼白《そうはく》になっている。歯の根が合わずガチガチいわせながら何とか逃げようとしているが、聖なる実はしっかりと張り付いたまま離れる気配はない。

恐怖にすくむグレースの視線が、同じく凍りついたように固まっているナタリーをとらえた。

「ナタリー、助けて！　この化け物をどうにかして！」

途端にナタリーの顔がゆがんだ。理不尽だと言いたげに。

「……嫌です！　私が助けを求めた時にはグレース様は助けてくれなかったじゃないですか！」

「そ、そんな事、今は関係ないでしょう。公爵令嬢である私の頼みなのよ！　それに私たちは仲良しのはずじゃない！」

「仲が良かったら見捨てたりしません！　だましたり、嘘をついたりも……！」

すすのついたドレスのスカートを両手で握りしめながら、ナタリーが涙にぬれた顔を向ける。

グレースが目を見張って、あえいだ。まるで絶対に自分に歯向かう事なんてないと確信していた飼い犬に手を噛まれたかのように。

「ねえ、お願いよ。早く助け……！」

必死の形相《ぎょうそう》でグレースが叫んだ瞬間、まるで口のような亀裂を大きく開けた実に、グレースは丸ごと飲み込まれた。まさに一飲みだ。悲鳴が張り付いたようなグレースの顔も体も、一瞬で消えてしまった。

「くそ、この化け物め！」

「気を付けろ！　食われるぞ！」

聖なる実相手に魔法は効かず、神官たちが剣を構えながらジリジリと包囲していく。リズとナタリーをのぞく候補者たちは逃げ出して、すでに広間にはいない。

大きくふくれあがったグレースの実はまだ飲み足りないのか、うろうろと根を床に這わせている。

不意に実の動きが止まった。目当てのものを見つけたようにグルンと半回転する。

向いた先にはナタリーがいた。

「きゃああ！　もう嫌！」

ナタリーが頭を抱えて泣き叫ぶ。

(どうすればいい⁉)

リズはかばうようにナタリーのそばへと走ったが、それからどうすればいいのかわからない。こんな化け物を、どうやってやっつければいいのだ。焦りと恐怖で息苦しくなった。

「――聖竜!」

頼みの綱の許へとリズは走った。足元で叫ぶが、聖竜は黒い影を追いかけるのに夢中でこちらを見ようともしない。

リズは聖竜の体をよじ登り始めた。短い白い毛を両手でつかんで登っていく。汗で手がすべるし、聖竜がうっとうしそうに体を左右に振るので、リズは何度も吹き飛ばされそうになったが、必死でしがみついた。

これしかないのだ。リズの言う事を聞いてもらえるかわからないが、神官たちにもどうにもできないとしたら、聖竜のあの炎で助けてもらうしか。

「聖竜!」

やっと首元にたどり着き、力いっぱい白い毛を引っ張った。怒った聖竜が激しく首を振り、吠《ほ》える。

広間の天井にほど近いくらいの高さで、リズの体が完全に宙に浮き、血の気が引いた。ここから落ちたら、床に叩きつけられて命はないだろう。

それでも、だ。ナタリーや他の者たちを助けるのだ。

リズは歯を食いしばって、しがみついた。

「聖竜、お願いだから止まって！」

必死で叫ぶが、聖竜は言う事を聞いてくれない。無力感にさいなまれた。けれど負けるわけにはいかない。

振り落とされそうになり、視界がぐるんと回った時、大きくふくれあがった化け物の実の、でこぼこと突き出た表面が激しく動いているのが見えた。グレースたちが何とか脱出しようともがいているのか。丸飲みされた二人は、実の中でまだ生きているのだ。

「聖竜！」

リズが聖竜の顔の横で何度目かの大声をあげると、苛立った聖竜が口を大きく開けた。

あの白い炎を吐く気だ、とリズにはわかった。その先には化け物の実がいる。

神官たちの喜ぶ顔が見えた。期せずして聖竜が化け物の実をやっつけてくれようとしているのだ。

だが、あのすさまじい威力では、一瞬で実は消し飛ぶだろう。飲み込まれたグレースと神官トマも一緒に――。

（ダメだ）

「待って！」

今まさに炎を吐かんとしていた聖竜は、リズに片目におおいかぶさられて目標を見失った。口を閉じて炎を呑み込み「どけ！」と言いたげに再び頭を振って、リズを振り落とそうとする。

リズは両手で白い毛をつかんだまま、聖竜の鼻先にまたがった。

「お願い。飲み込まれたグレースとトマの二人を残して、実だけをやっつけて欲しい」


聖竜を正面から見すえた。

リズの思いの強さを体現するように、赤い目が燃えるように輝き始めた。白い頬が確かな意志を持ち、白い髪が宙に舞い上がる。


聖竜が呑まれたように大人しくなった。

そしてリズと同じ赤い目で、じっと見つめ返してきた。その目には先程までと違い、静かな光がたたえられている。まるで、リズの真意を見極めるように。

リズは目をそらさず言った。

「あの二人には、自分たちがした事をちゃんと告白してもらわなくちゃならない。そうじゃないと、ナタリーが罪をかぶせられたままになる。それに――」

頭を抱えて座り込み、泣き腫《は》らした目を向けてくるナタリーを振り返る。右頬には、くっきりと無残なやけどの跡。

「それに、ナタリーにきちんと謝ってもらわないと」

謝って済む問題ではないとわかっているけれど。それでも、きちんと罪を認めた上で、誠心誠意。それは必要な事だと思う。

白い竜と、その鼻先にしがみついたまま向かい合うリズとを、みな息を詰めて見つめていた。

やがて聖竜が長い首をゆっくりと下げ、リズは静かに床に下ろされた。そのまま顔を床につけた状態で、聖竜はじっとしている。リズのすぐ目の前に白い頭があって、ちょっと戸惑った。

しばらく考えて、頭を下げているのだとわかった。リズに向かって。

その場の誰も一言も発しない。不思議な静寂の中、リズは導かれるように聖竜の頭に手を伸ばした。人間でいう、ちょうど額の辺りだ。しがみついている間は必死で気付かなかったけれど、短い毛が密集して生えていて意外にやわらかい。

真っ白な聖なる竜の頭をなでるアルビノ娘という図を、その場の誰もが魅入られたように呆然と見つめていた。

やがて聖竜が顔を上げた。先程までの穏やかな表情とは裏腹に、戦闘状態というべき厳しい顔つきに変わっていた。

「お願いね」

聖竜が口を大きく開けた。グレースとトマを残し、実だけを滅するための小さな炎が噴射される

——はずが予想に反した。

予想外にすさまじかった。

先程の広間の壁をぶち抜いたものより、さらに威力のある白い炎が、耳をつんざくような音と熱気をたてて聖竜の口から吐き出された。

「ちょっと——⁉」

（嘘でしょう、伝わってなかったの⁉）

リズの焦った心の突っ込みをかき消すかのように、グレースの化け物となり果てた実は、周囲の壁や床ごと、音と煙をたてて崩れ落ちた。圧巻だ。圧巻過ぎて言葉が出ない。

そして——実が跡形もなく燃え尽きた後に、グレースとトマが横たわっていた。顔色が多少悪いだけで五体満足だ。聖竜は頼んだ通り、やってくれたのだ。

「二人とも無事だ。気を失っているだけだ！」

駆けつけた神官が彼らの脈をとり、奇跡だというように叫んだ。

やがて二人は前後して目を開けた。生きているという喜びにうち震えながらも、険しい顔の神官たちに取り囲まれている現状を察したようだ。最初に観念したのはトマだった。

一片の容赦も感じられない上司や同僚神官たちの態度に、血の気の引いた顔のトマが、床に頭をこすりつけて土下座した。

「全てナタリーの言った通りです。申し訳ありませんでした……」

「神官として許されない行為だぞ！　しかもナタリーはお前が連れてきた候補者だろう？　お前のした事は、欲に目のくらんだ最低最悪の行いだ。神殿の裁きを受けた後は、神官の身分をはく奪されるだろう。覚悟しておくんだな」

厳しい言葉に、トマが力尽きたように、うなだれた。

壮年の神官がグレースに目をやった。

トマの隣でグレースは悔しそうに顔を引きつらせていたが、化け物の実に飲み込まれた事は心底怖ろしかったようで、蒼白な顔で唇を噛みしめてもいる。

「グレース、もちろん君にも神殿の裁きを受けてもらう。今回の事は、神官長にも王族の方々にも報告する事になる。君は神聖な聖女選定を汚《けが》したのだから」

グレースが切羽詰まったように勢いよく顔を上げた。

「これは何かの間違いです！　私はアイグナー公爵家の娘なのですよ。まず、父に話を通してからにして下さい！」

「公爵は関係ないよ。ここは神殿だ。君は確かに公爵家の令嬢だが、ここではただの一聖女候補に過ぎない」

「いいえ、私は認めません！　この私が裁かれるなんて、そんなおかしな事あるわけがない……！」

長い黒髪を振り乱し、あくまで認めようとしないグレースに、神官ロイドが近づいて行った。引きつったグレースの顔を、小さく笑いながらのぞきこむ。

「『その者にふさわしい実がなる』と神官長も君も言っていたけど、まさにその通りだったね。見かけだけはきれいな花だったけど、実の中身はからっぽ。おまけに実自体が、みにくい化け物だった」

怒りで頬が紅潮するグレースに、ロイドが冷たい声で言った。

「もう二度と嘘をつかない方がいい。君たちを飲み込んだ化け物の実は燃え尽きたけど、君の聖なる木はそのまま残っている。君が嘘をつき続ければ、またあの化け物の実がなるよ。そうしたら今度こそ本当に命がないかもね」

顔のこわばったグレースが、助けを求めるように周囲を見回した。だが返ってくるのは冷たい視線ばかりで、自分の全面降伏しか道はないと悟ったようだ。

うなだれ、握りしめたこぶしを何度も何度も床に打ちつけて、声にならないうめき声を出した。

やがて神官たちに連れて行かれるグレースとトマを見ながら、リズは隣で腕組みをしているロイドに話しかけた。

「聖なる木は何度も実をつけるんですね。知りませんでした」

「僕も知らないよ?」

(は?)

思わずロイドを見上げる。

「……もしかして嘘なんですか?」

「うん」

ものすごく楽しそうな笑顔を返されて、リズはあきれた。

「リズだって、この広間での出来事について聖竜が頭に直接話しかけてきた、とか何とか嘘をついていたじゃないか」

「あれは——他にナタリーの無実を証明する方法が思いつかなくて」

「聖なる竜様を使うなんてリズも悪い奴だよなあ」

ロイドが楽しそうに笑った。

リズはナタリーを医務室へ連れて行こうとしたが、隣にいたはずなのに姿が見えない。慌てて捜すと、壁際でこちらに背を向けてうつむくナタリーの後ろ姿があった。

「早く医務室へ行かないと……どうしたの？」

ひどいやけどもそのままに、ナタリーは自分の聖なる木が植えてある鉢を、両手で持って立ち尽くしている。不審に思い、背後からそっとのぞきこんだリズは息を呑んだ。

ナタリーのあざやかな黄色の花はとっくに枯れ落ちていた。花だけでなく葉も茎も全てが茶色くしぼんでいる。

もう二度と実がつく事はない。それどころか茎が伸びる事も、葉を茂らせる事も、もう二度と――。

「……当たり前だわ。枯れ落ちて当然の事をしたんだもの。自業自得よ……ごめんなさい、リズ。本当にごめんなさい……」

震える両手で鉢を抱きしめ静かに涙をこぼすナタリーに、リズはかける言葉が見つからなかった。

9 現れる聖女の素質

広間での化け物騒動から数日後、何と聖竜がリズの頭の上に乗っかっていた。聖竜は白い翼に頭をうずめて、せっせと毛づくろいをしている。

「何だか聖竜が少し小さくなった気がしないか？」

リズの部屋を訪れたロイドが、真剣な顔で聞いてきた。

（嫌味か）

リズはロイドをにらみつけた。

小さくなった気がするとかしないとか、そういうレベルではない。聖竜は元の体の、三十分の一以下の大きさに縮んでいた。ちょうどリズの両手のひらに、ずっしりと乗るくらいの大きさである。

「きのう突然、小さくなったんですよ」

リズはため息をついて説明し始めた。

広間での化け物の実騒動が終わり、ナタリーは王宮内にある施療院へと連れて行かれた。神殿の外にあるので、リズはついていく事はできない。

ナタリーを迎えに来た医者が顔のやけどを見て絶句し、付き添っていた神官にきびしい顔つきで

首を左右に振ったのが見えた。やはり、やけど自体は良くはなっても跡は残るという事だろう。

(何か……何かできる事はないの?)

焦りにも似た気持ちで唇を噛みしめたが、ナタリーを見送る事しかできない。

「リズ・ステファン！　ちょっと来てくれ！」

神官の一人に呼ばれた。後ろ髪を引かれる思いで神官の方へ向かうと、彼は怖々《こわごわ》と聖竜を見上げながらリズに言った。

「聖竜の白い炎で広間の壁や床が壊れただろう。これから修復作業に入るから、聖竜をどこかへ連れて行ってもらいたい」

(聖竜の居場所を探さないと)

リズの部屋には大き過ぎて入らないし、かといって中庭や奥庭だと雨が降れば、ずぶ濡れだ。

(どこか空いている広めの部屋を貸してもらおう)

その時、聖竜の鼻先で、リズは背中を少々乱暴につつかれた。振り返ると、聖竜がまるで「見ろ」とでも言うように顔を上方にそらせた。そして――。

「え?」

リズは目を見張った。見えているものが信じられない。見上げていた聖竜の体がみるみるうちに縮んでいく。

「ええ⁉」

驚愕で思わず叫ぶリズの前で、両手のひらに乗るくらい小さくなった聖竜が、床の上で得意げに翼を広げ、かわいい声で「キュ」と鳴いた。

──「へえ」

向かい合って座るロイドが頬づえをつきながら、感心したような声を出した。

「良かったじゃないか。部屋に入れる大きさになって。さすがは聖竜だな」

「まあ、すごいはすごいですけど──」

言いよどむリズに「どうかした？」とロイドが眉根を寄せる。と、開いた部屋のドアから候補者たちが興奮したような顔を見せた。

「ねえ、リズ。聖竜ちゃん見せてよ！」

「ほら、いた！　やだ、リズの頭の上にいるわよ。かわいい！」

「大きいときは怖かったけど、小さくなると愛らしいわよね！」

大人気だ。

確かに小さくなった聖竜はかわいらしいと思う。短い毛の生えた真っ白な体と赤い目。小さな翼でパタパタと飛び回ったり、短い足で歩き回ったりする。おまけに鳴き声まで──元の姿での鳴き声を知らないが──高めの「キュ」とか「キュウ」とか胸の内をくすぐるような声だ。

（でも――）

候補者たちの歓声に応えるように、聖竜が目いっぱい翼を広げて「キュウ」と小首をかしげて見せた。

「「きゃあ、かわい過ぎる!!」」

（何だか納得いかない）

ぶ然となるリズの向かいで、ロイドも顔をしかめた。

「少々あざとく感じるのは気のせいかな？　聖なる竜だけど」

「いえ、私も同感ですから。聖なる竜なんですけどね」

「――わかった！　『その者にふさわしい実がなる』んだろう。リズの性格に難があるから、聖竜も性格がゆがんでるんじゃないか？　何しろリズは僕に対して、いつもものすごく冷たいから」

（何を好き勝手言ってるんだ）

イラッとなるリズの頭上で、澄ました顔の聖竜が再び「キュ」と小首をかしげて見せた。

第二神殿内の食堂では、窓から明るい日ざしが差し込んでいた。

長テーブルの一つに座ってリズが昼食をとっていると、神官長がお付きの神官たちとともにやって来た。食堂に姿を見せるのはめずらしい。

「大変な時に留守にしてすまなかったな。どれ聖竜は――おお、こちらに」

聖竜はテーブルの上に座り込み、リズの昼食を一緒に――というより勝手についばんでいる。神官長に話しかけられ、お愛想程度に「キュ」と顔を上げたが、すぐさま食事に戻った。

野菜を食べずに肉だけ食べ尽くすので、迷惑な事この上ない。

聖竜が、食べ残した野菜をリズの目の前の皿にポイっと口で捨ててきた。リズはもちろん、その野菜を聖竜の皿へと放り返す。

無言で続く応酬を、神官長は呆気に取られたような顔で見つめていたが、やがて笑い出した。

「いやいや、聖竜というからどんなに気高く近寄りがたいものかと思い、来てみれば。いや、楽しそうで何よりだ」

大きかった時は確かに気高くて近寄りがたかったのだと、声を大にして言いたい。そして今、リズは別に楽しくない。

不意に神官長の声音が、うれいを帯びたものになった。

「ナタリーだが、施療院での治療を終えて近日中に自宅へと戻る事になったよ。グレースとトマの、あの晩の騒動についての事情も、一通り聞き終えたしのう。次期聖女選定の妨害――広間でリズの聖なる実を故意に取り落とした件だが、グレースたちにだまされていた事もあり、候補者としての資格を失うという事で不問になった。ナタリーの聖なる木も枯れ落ちてしまった事だしな」

「あの、ナタリーのやけどの跡はどうなったんですか?」

神官長が痛ましそうにゆがめた顔を、左右に振った。

「赤みや水ぶくれはだいぶ引いたが、跡は一生残るだろうという事だ。かわいそうだがな」

「そうですか……」

——神官長たちが立ち去った後、リズは真剣な顔で聖竜を見た。

「聖竜、お願いね」

以前から頼んでいたのだ。

しょうがないな、という感じで小さな聖竜がゆっくりと立ち上がる。

「今度はもっと肉をあげるから」

何だと、肉ごときで買収されないぞ、と言いたげに目を細めてリズを見てきたが、それでもテーブルからリズの肩に飛び乗る動きはとても速かった。


第二神殿内の第一塔門の壁にもたれながら、リズは待っていた。ナタリーの両親がケガをした娘を迎えに来ると聞いたからだ。

太陽の位置はちょうど頭の真上にある。ぬるい風が、花壇の草花の間を吹き抜けていった。

辺りを飛び回っていた聖竜が飽きてリズの肩に留まりに来た頃、案内役の神官の後についてナタリーとその両親がこちらに向かって歩いてきた。

選定中の神殿は関係者以外出入り禁止だが、ケガの事もあり今回は特例だという。

迎えの馬車は神殿の外で待たせてあるのだろう。口ひげをたくわえた父親と上品そうな母親、そしてその隣でナタリーが背中を丸めて、うつむきがちに歩いてきた。

ナタリーの右頬には治療用の白いガーゼが貼られている。ちょうど目の下あたりから首筋をおおう大きなもので、ナタリーの暗い表情と相まってとても痛々しく見えた。

「……リズ」

リズに気付いたナタリーが、目を見張って立ち止まった。

リズはゆっくりと微笑んだ。

「今から家に帰るの？」

「うん。そうよ……」

リズたちの様子を黙って見つめていたナタリーの父親が、案内役の神官に問うように顔を向ける。

「ええ、そうです」と神官がうなずくと、父親がリズに向かって一歩踏み出し、深く頭を下げた。

「リズ・ステファンさん、このたびは娘のナタリーが本当に申し訳ない事をしました」

ナタリーの肩を抱くように寄り添っている母親も、後ろで同じように頭を下げる。

父親が続けた。悲しみを押し殺したような静かな声だった。

「どんな事情があれど許されない事です。おわびのしようもありません」

頭を下げ続ける母親の隣で、ナタリーも泣きそうな顔で深くうつむいた。

リズの前で三つの頭が震えている。

やがて、父親がナタリーを振り返った。

「ナタリー、お前からも、もう一度きちんと謝罪をしなさい」

母親に背中を押され、おずおずと前へ出てきたナタリーが、体の底から振りしぼるような声を出した。

「ごめんなさい、リズ。本当にごめんなさい……」

以前の、元気で無邪気な面影はどこにもない。明るさと活力を、あの晩、広間に置いてきて二度と取りに戻れない、そんな感じだった。

リズは空を仰いだ。肩には確かに聖竜の重みがある。おなか一杯肉を食べたせいか、足の爪がずっしりとリズの肩に食い込んで痛いくらいだ。

ちらりと横目で聖竜を見ると「いつでも」というような顔で見返された。

リズはゆっくりと口を開いた。

「ナタリー、試したい事があるの。その顔のガーゼを取ってくれない？」

ナタリーは一瞬ためらったが、それでも迷惑をかけたリズの頼みだからと覚悟を決めたように、震える手でガーゼを外した。

やけど跡は痛々しかった。

思わず目をそむけたくなる程、顔の右頬から首筋にかけてデコボコと赤黒く腫れあがっている。

リズは決して表情に出したつもりはないけれど、それでも傷ついたナタリーはリズの心の内を読み取ってしまったのだろう、顔をゆがめ、グッと涙をこらえて下を向いてしまった。

「一体、娘に何をするつもりです？」

母親がかばうように、隣でうつむくナタリーの肩を抱き寄せた。ナタリーが聖女選定を妨害したからその報復をされるのではないかと、非難するような怯えたようなまなざしを向けてくる。

案内役の神官も、リズの意図が全くわからず困惑気味な表情だ。

リズはその前で構わず、何度も大きく深呼吸をした。

「集中しろ」と事前に聖竜から言われている。もちろん実際に聖竜が言葉を話したわけではなく、そんな気がしただけだが。


ゆっくりと目を閉じた。


辺りがだんだん静かになっていく。虫や鳥の鳴き声がうるさいくらいだったのに、それらは少しずつ少しずつ小さくなり、やがて途絶えた。

日差しがあふれる中、大きな木の枝から一羽の鳥が飛んでいくのが見えるが、羽ばたく音も枝がしなる音も聞こえない。全くの無音だ。

「一体どうしたんだ……?」

父親が気味悪そうに辺りを見回した。母親の、ナタリーの二の腕に添えられた両手にも不安そうに力がこもる。

不意に、リズの肩に乗った聖竜の体が白い光を放った。直視できないほど強烈な、まばゆい光だった。

「聖竜が光っている!」

「何なんだ、この光は!?」

神官とナタリーの両親が驚愕の声をあげた。

(すごい……)

リズの体が震えた。肩に乗った聖竜が大量の熱を放出していて、それが次々とリズの体内に流れ込んでくる。激しい強烈な力と熱が体中を駆けめぐっている、そんな感じだ。

リズは歯を食いしばり、両手を体の脇で強く握りしめながら必死で耐えた。

(治すんだ)

強く思った。

ナタリーのやけどの跡を。絶対に治す。元の明るく元気なナタリーに戻って欲しい——。

強い風が吹き、リズの白い髪を舞い上げていった。

ゆっくりと目を開けた。

深い赤色の目が、まるで神がかったように、いつもと違う輝きを帯びている。

目の前には突っ立ったまま、魅入られたように呆然とリズを見つめるナタリーの姿。その顔に、痛々しいやけど跡に、リズはそっと両手をかざした。

やわらかく淡い光が、あふれんばかりに両手のひらから放たれた。

「……！」

怯えたように一歩後ずさるナタリーを、優しく包み込むように覆う。

守るように、癒すように。

「きれいな光ね……」

ナタリーの母親が思わずというように息を吐いた。

それは聖竜の体から放たれる強烈な光とは違い、例えるなら、リズの咲かせた聖なる花――あの何ものにも染まらない、凛とした純白の色だった。

こわばっていたナタリーの肩の力が抜けていく。クシャリと顔がゆがみ、そして、

「温かい……」

と泣きそうな声で小さくつぶやいた。

やがて光が徐々に弱まり、そして消えた。

皆が夢から覚めたばかりのようにぼうっとなる中、いち早く現実へと戻った母親が急いでナタリーの顔をのぞきこみ、驚いたように叫んだ。

「何て事！　ナタリー、あなたの顔――やけどの跡がなくなっているわ！」

「え……？」

ナタリーが疑わしげに眉根を寄せながらも、ほんのわずかな期待にすがるように、恐る恐る右頬を指でさぐった。そして「嘘……」とつぶやくと、慌てて手のひら全体でさわり始めた。

けれど、どれだけさわっても、あるはずのやけど跡は指にふれない。

みにくいそれは跡形もなくなっていて、ナタリーの右頬は完全に元の白い肌を取り戻していた。

「信じられない……」

神官が愕然としている。

父親も目の前で起こった事に呆然となったまま、一言も発する事ができない。

母親がナタリーの両肩を抱きしめて声を詰まらせた。

「ああ良かった！　ナタリー、本当に良かった！　まるで奇跡だわ！」

そしてリズに向かって、地面にふれんばかりに深く深く頭を下げた。

「ありがとう、ありがとうございます！　本当に何て言ったらいいのか！」

「いえ、これは私じゃなく聖竜の力で――」

というリズの返事は――

「ありがとう！　本当にすばらしい！　次期聖女はきっとあなただ。戴冠《たいかん》式で、現聖女様から次期聖女の冠《かんむり》を頂くのは、あなた以外にいない」

という父親の涙まじりの声にかき消されてしまった。

その前で、ナタリーも涙のにじむ目で何度も何度も頭を下げた。

「ありがとう。ありがとう、リズ……」

絶望していたやけど跡がなくなって、ものすごく喜んではいる。

けれどリズを見る表情はまるで雲の上の者を見るように遠く弱々しいもので、以前の、元気にクルクルと表情を変えるナタリーとは別人だった。


（――違う）

苦い思いが込み上げた。


違うのだ。リズが見たかった顔は、ナタリーにしていて欲しい顔は、こんなのじゃない。

おとなしい委縮《いしゅく》した姿。こんなのはナタリーじゃない。ナタリーには似合わない。そう、もっと――。

「ねえ」と心の中で祈るように、リズは口を開いた。

「私、前からずっとナタリーに聞きたい事があったの。ずっと気になってて、でもなかなか聞く機会がなくて困ってた」

「……何？　何でも聞いて」

「ちょうどいいというか、今しかないと思うの。今さら聞きにくい事だし、失礼な事だとは思うけど。でも今を逃したら、一生わからないままの気がする。それは絶対にダメな事だと思うから」

リズの真剣な表情に「……何？」と小さく聞き返すナタリーの顔からは血の気が引いていた。

何を質問されるのかと怯えている。あの夜の広間での自分の卑劣な行為についてか、それとも、それより以前からリズの悪口を言っていた事についてか。

それでもたとえどんな不愉快な質問にも正直に答えようと、覚悟を決めたような顔で、リズを見つめ返してきた。

リズはそれを見すえたまま、ものすごく真面目な顔で聞いた。

「ナタリーの名字って何だっけ？」

「……え、ええ？」

考えてもいなかった予想外の、というよりは枠外の質問に、ナタリーはぽかんと呆けたように口を開けた。

必死に考えるが頭がついていかず――結果、一瞬理性が飛んでしまい、考えるより先に感情が爆発したらしい。

「ネイサンよ、ナタリー・ネイサン！　最初に皆の前で自己紹介したでしょう！　ちゃんと覚えておいてよ！」

顔を真っ赤にして叫ぶ。

これは確かにナタリーだ。

「ナタリー！　あなた、やけどの跡を治してくださった方に、何て口のきき方を！」

対照的に青ざめる母親に、ナタリーはハッと我に返ったようだ。

自分の立場を思い出し、悲しそうに顔がゆがむ――その直前を、リズはすくい取った。

ナタリーの顔をのぞきこみ、目が合った瞬間ニヤリと笑ってみせた。

嬉しかったからだ。心の底から。

「……！」

ナタリーが大きく目を見開いた。リズの考えを、思いを理解したように。

リズは許している。それどころか元のナタリーに、元気で生意気なナタリーに戻る事を心から望んでいるという事を。

「ふ……うっ……！」

ナタリーの目から大粒の涙がこぼれた。

感謝や嬉しさといった様々な感情が次から次へとあふれてきて、こらえきれないといったように噛みしめた唇が震える。

そして、ふんわりとしたスカートを両手でぎゅうっと握りしめ、泣きながら大きく口を開いた。

「私……私、また見に来るわ。リズの、次期聖女の戴冠式を必ず、ここにまた見に来る。いい!?　リズを見に来るんだからね！　現聖女様から冠を頂くリズを見に来るの！　他の候補者だったら、すぐ帰るんだから！　私に、無駄足を踏ませないでよ！」

最後の方は涙でぐちゃぐちゃでよく聞き取れなかったけれど、もとのナタリーに戻った事はわかった。

もとの――元気で遠慮がなくて素直じゃない、子犬のようにキャンキャンとよく吠えるナタリーに。

リズの言いたい事は、届けたかった事は、ちゃんと伝わった――。

「わかった」

リズは心から笑ってうなずいた。

「約束よ！　絶対に守ってよ！」

「わかった」

「絶対に絶対よ！　破ったら許さないからね！」

「わかったって」

少し呆れ気味になるリズに、目を真っ赤に腫らしたナタリーが笑った。

広間に置いてきて取りに戻れなかった快活さと明るさを、改めて手に入れる事ができた、そんな笑みだった。

「じゃあ行くわ。またね、リズ」

多大な感謝を笑顔ににじませ、しっかりと前を向いて神殿の外へと歩いて行くナタリーを、リズも笑顔で見送った。

通りすぎざま、母親がリズに向かって丁寧に頭を下げた。

長い間下げ続け、ようやく上げた顔は、先程のやけど跡を治した時の、自分たちとは違う世界にいるような遠い存在を見る目ではなく、確かにそこに、同じ世界にいる尊い者を見るかのような、まぶしそうな目をしていた――。

10 前世からのたくらみ

アイグナー家の館、前庭に面した二階の書斎には、壁をおおうように本棚がずらりと並んでいる。背表紙がすりきれ、文字もかすれて読めないほど古い本もあるが全てが価値あるもので、それらに囲まれて一人ワインを飲む時間がアイグナー公爵は好きだった。

けれど今日は――。

(……まずい)

顔をしかめた。

最高級品のワインなのに。原因はわかっている。娘のグレースが次期聖女選定で失態を犯したからだ。せっかく神官のトマを金の力で味方にして、リズの故郷での暮らしぶりまで調べてやったというのに。

苛立ちのあまり、ワイングラスを乱暴にデスクに置く。マホガニー製の傷一つないデスクにワインのしずくがポトポトとこぼれ落ち、さらに苛立ちがつのった。

キーファ王太子と結婚させるどころか、グレースは犯罪者として囚われの身となってしまった。公爵も方々、手を尽くした。アイグナー公爵家の力をもってすればグレースの罪を消し去り、関わった者たちを闇に葬《ほうむ》る事なんて簡単なはずなのに、今回は勝手が違った。

なにせ神殿内での出来事だったのだ。

神殿がアストリア王宮の保護下にありながらも、現聖女を頂点とする独立した権威を持っている事は知っていたが、まさか自分の権力がここまで及ばないなんて思ってもいなかった。


公爵自ら出向き、これでもかと良い条件を提示してやったのに、対応に当たった神官は喜んでうなずくどころかニコリともしなかった。

それだけでも苦い思いがしたのに、どこからともなくノコノコと現れた神官長が、

「ご安心を、公爵。ここは現聖女様が守られる聖なる神殿です。地位や階級など全く関係のない、その者の行いや言動だけが判断基準となります。グレースも例外ではありません。真実をありのままに、公平に判断致しまして罪状を決めますゆえ、どうぞご安心を」

(皮肉か)

とても良い笑顔で話す神官長に、はらわたが煮えくりかえる思いがした。


(——だが、まだだ。まだ手はある)

書斎の壁についた、使用人を呼び出すベルを鳴らそうとすると、それより早く扉がノックされ使用人の男が入って来た。無口だが目も耳も利《き》く男で重宝している。

「旦那様のお耳に入れておいた方が良いかと思いまして。実はキーファ殿下についてですが」

「何だ？」

「それが、今は没落してすでにないのですが、およそ五百年前に、王都内にあった『ハワード家』という貴族と、旦那様との関係について調べさせているようなのです」

天地がひっくり返ったかと思うくらい驚いた。

「ハワード家については、殿下が幼少の頃からずっと調べていた事もわかりました。十年ほど前に、子孫の男が詐欺にあった時も秘密裏に手を回していたようです」

震える口元を手でおおい隠す。

まさかキーファは、公爵が前世でハワード家の執事だったと気付いているのか？　いや、それならもっと動きがあるはずだ。その前の段階――確信はないが、何かしら疑っているという事か。

（なぜだ？　なぜ気付いたんだ？）

心臓の早鐘のような鼓動が頭に響く。いくら考えても、自分に落ち度があったとは思えない。それなのに、だ。

何しろ今世は王太子だ。前世での、自分の行いや嘘がばれれば、公爵ともどもアイグナー家をどうとでもできる地位にいる。

（何という事だ）

前世のユージンはおろかな若者だった。自分の思う通りに動いてくれたのに。

舌打ちしたい気持ちで顔を上げ、男に命じた。

「キーファ殿下がどこまで探り出したか調べろ。それと例の娘——リズ・ステファンと関係のある——の件も早急に進めろ。秘密裏に、そして確実にだ」

「……ックシュン！」

「キュ⁉」

リズが自室で歯を磨いていると、突然くしゃみが出た。のんびり毛づくろいをしていた聖竜が、驚いたように目をまん丸にする。

（何だろう？　寒気がする）

足元からのぼってくるような不快感。けれど、いくら考えても不快感の元はつかめない。

すっきりしない気持ちを抱えたまま、リズは窓辺に行きカーテンを開けた。外はすでに真っ暗だ。星もなく、細い月だけが心もとなく夜空に浮かんでいる。

神殿に来て周囲の景色も環境も劇的に変わったが、空だけは故郷の村で見ていたものと同じだ。

椅子を引きずってきて窓辺に座り、リズは夜空を見上げた。

（——次の選定は何だろう？）と心の中でつぶやきながら——

聖女になるので二度目の人生は勝手にさせてもらいます

～王太子は、前世で私を振った恋人でした～

番外編　ロイドは出会う

「田舎だねえ」

石ころだらけの道を疾走する馬車の中、カーテンのついた小窓から外をのぞいたロイドは、思わず感嘆の息を吐いた。

視界に広がるのは、どこまでも続く緑。その中に粗末で小さな家々と、実りの悪そうな畑が点在している。聞こえてくるのも人の喧騒《けんそう》ではなく、家畜の鳴き声だけだ。

「クソがつくほど田舎だね」

「やめてください」

向かい合って座る補佐役の下級神官、アレフが顔をしかめた。年齢はロイドと同じくらいだが、性格は正反対だ。すなわち勤勉で真面目である。

「もうすぐ目的地であるカーフェン男爵家に到着します。くれぐれも、そういう事を口に出さないでくださいね」

「わかってるよ。で？　聖女候補者の名前は何だっけ？」

冗談だろうと言いたげに、アレフの顔がゆがんだ。

「エミリア・カーフェン、十八歳。カーフェン男爵の長女です」

「ふーん」

興味なさげに再び窓の外を眺めると、ニレの大木のすぐ近く、畑の溝に一人の少女が両手を突っ込んでいた。着ている質素なワンピースは泥にまみれ、あざやかな白い髪の毛が揺れている。

(何をしているんだ？)
十七、八歳くらいだろうか。泥遊びという年齢でもなさそうだし。
すぐ近くを、馬車が爆音をたてて通り過ぎて行くというのに顔も上げない。興味がないのか。

通り過ぎざま、やっと少しだけ顔を上げた少女の目は深い赤色だった。

(アルビノだ)

軽く目を見張った瞬間、あっという間に少女の姿は視界の後ろへと流れて行った。


目的地であるカーフェン男爵の屋敷は、こんな田舎には似つかわしくないほど大きくて立派なものだった。

「神官様、娘エミリアのために、このような遠方までお越しいただき、恐縮の限りです」

ロイドたちは歓待された。次期聖女候補者として選ばれたエミリアを、神殿から迎えに来た神官なのだから、当たり前と言えば当たり前だ。

「ロイド様、娘のエミリアです」

男爵に紹介され、華美なドレスを着た女性が誇らしげな笑顔で礼をした。黒髪に黒目の、はっきりした顔立ちの美人だ。アレフがぼうっと見とれている。

エミリアは満足そうに微笑んでいたが、まるで興味のわいていないロイドに気付いたのだろう、一瞬だが苛立ったように頬がこわばったのを、ロイドは見逃さなかった。

さっそくエミリアと向かい合う。

「どうも。いきなりだけどさ、僕は現聖女様から銀の鍵を預かってきたんだ。よろしくね」

「鍵……ですか？　はい、わかりました？」

突然言われ、エミリアが戸惑っている。

そして、それっきり何も言わず真顔で立ち続けるロイドに、向かい合うエミリアの顔は、さらに困惑の色が深くなった。

「――あの神官様、どうかなさいましたか？」

「ロイド様、何をしているんですか⁉」

アレフが慌てた様子で立ちふさがり、後ろで呆気にとられている男爵に訴えた。

「どうやら長旅でロイド様はお疲れのようです。すぐに部屋へと案内してもらえると嬉しいのですが」

「は、はい。今すぐに！」

広々とした客間へと案内された。メイドが下がり、二人きりになった途端、アレフが非難するような顔を向けてきた。

「ロイド様、真面目になさってください。神殿の品位が疑われてしまいます」

ロイドは気にせず、ベッドに倒れこんだ。

「遠かった……。全く、どうして僕がこんな田舎によこされたんだろうね？」

「そりゃあ決まって――いえ、何でもありません」

乱暴な手つきでロイドの分の荷物も手早くほどき始めたアレフが、慌てたように口を閉じた。

普段のロイドの態度が不真面目で、神官の仕事をさぼってばかりいるからだ。ゆえに厄介な場所を割り当てられたのである。

ロイドはベッドの上で上体だけ起こして、枕に頬づえをついた。ようやく荷物をきれいに片付け終わったアレフが、だらだらしているロイドに、とがめるような視線を向けてくる。

「エミリア・カーフェンが聖なる力を持つ次期聖女候補者かどうか、いつ確認されるんですか？早い方が良いのでは？」

「もう終わったよ」

「は？　え、いつですか⁉」

目を見張るアレフに、ロイドはあくびをしながら自分の胸元を指差した。

「見えないだろうけど、実は今、現聖女様から預かった鍵を首から下げてるんだよ。馬車を降りる前に付けたんだ。現聖女様に聞いたところ、黄色いひもが付いた銀の鍵らしい。さわると質感や形はわかるけど、まあ僕にも何も見えない」

「……では、その鍵が見えるなら、聖女としての素質があるという事ですか」

呆然とつぶやきながら、先程の門のところでのロイドとエミリアの様子を思い出したようだ。

「じゃあ……」

「残念だけど、エミリア嬢は聖女候補者じゃない。わざわざ鍵の事を教えても、僕の胸元の鍵には一言もふれなかったし、視線すらこなかった。彼女には見えていないよ」

大きく息を吐く。こんな遠くまで来て、全くの徒労じゃないか。

伸びをして、ベッドからぴょんと降り、ドアへと向かう。

無言で見つめてくるアレフの顔に、明らかにロイドを見直したと書かれているのが見えるようで、思わず苦笑した。

「暇だから散歩でもしてくるよ。ここでの用事は終わった。男爵とエミリア嬢に結果を告げて、夕方にでも出発しよう」

「はい、わかりまし――は？　夕方？」

「だから、せっかく解き終わった荷物だけどさ、もう一度まとめておいた方がいいよ」

もっと早く言えよ！　と言いたげなアレフを置いて、笑いながら客間を出た。

ぶ厚いじゅうたんの敷かれた廊下を歩く。突き当たりの裏口を出ると、そこは奥庭だった。納屋の方から、ひそひそと話す声が聞こえてきて、ロイドは足音を忍ばせて近くへ寄った。こっそりとのぞき込む。

「リズ、指輪を見つけてくれたのね。ありがとう！　こんな泥だらけになって。どこにあったの？」

「畑の溝の中よ。広場の先にある」

「そんな所に……。リズじゃなかったら見つけられないわ。本当にありがとう！」

涙声で礼を言う若いメイドを、先ほど馬車の車内から見かけたアルビノの娘がなぐさめている。

状況から察するに、メイドがなくしてしまった指輪を、リズというアルビノの娘が見つけたようだ。

（偶然、見つけたってわけか？）

泥の中に埋まっていた小さな指輪を？

「水で洗ったけど、あんまりきれいにはならなかったの。それと、この傷も――」

顔を曇らせるリズの前で、メイドが心底悔しそうに唇を噛みしめたが、すぐに笑顔になった。

「いいのよ、そんなの。婚約者のフェラーには私から謝っておくわ。指輪を見つけてくれただけでも本当に感謝よ」

泥のついた頬で、リズもかすかに笑った。

「じゃあ」とリズが立ち去った後で、メイドは一転して悲しそうな顔で指輪を見つめている。

「婚約者からもらった指輪？」

ロイドが姿を現すと、途端にメイドが青ざめた。その怯えようにロイドは不審感を抱いた。

「そんなに聞かれたくない事だった？」

「いえ、そんな！　ただ、あの……」

「ただ？」

「いえ……」

「聞かせてよ。僕だけの胸にとどめておくから。言い忘れたけど、僕は国王様と現聖女様から命を受けてこの村に来てるんだよ」

笑顔で出した切り札に、メイドは観念したようだった。絶対に口外しないで欲しいと何度も頼み込んだ後で、おずおずと口を開いた。

「その通りです。結婚の約束にもらったもので、本当に嬉しくて毎日、大事につけていました。でもある日、私がヘマをしてエミリア様のドレスのすそに水をこぼしてしまったんです。エミリア様はひどくお怒りになりました。

普段ならムチでぶたれるだけで終わるのですが、その日は特に機嫌が悪かったようで、私から指輪を取り上げてしまわれたんです。何とか許していただけるようにお願いしましたが、ダメで……。その翌日に、指輪をどこかに捨ててきたと」

感情を必死で抑えているように口元がピクピクと動いている。

ロイドは返答のしようがなかった。

「そう……」

「笑っておられたんです……」

「え？」

「エミリア様は笑っていました。とても楽しそうに。私が絶望にひたればひたるほど、本当に嬉しそうに笑って――」

夜の闇よりまだ暗い目をするメイドに、ロイドは息を呑んだ。

王都内や近郊の都市はそうでもないが、このような王都から遠く離れた辺境の村では、領主が未だ横暴にふるまっている。

昔とは法が違うとはいえ、王宮や神殿も辺境まではとても目が届かないのが現状だ。

「でも、リズが見つけてくれましたから」

地獄の中の救いを見たという顔で微笑むメイドは、しっかりと指輪を握りしめている。

メイドの緑色の目と同じ色の石がついたものだ。

「アルビ――そのリズって子は泥の中から、よく見つけられたね」

「リズって昔からそういう子なんです。勘が鋭いというか、人がなくしたものを探し当てたりとか、皆が気付かないような事に気付く子なんです」

「へえ」

驚いた。だってアルビノだ。魔力持ちではないのに。

愛おしそうに指輪を見つめるメイドの顔が、ある一点を見て曇った事に、ロイドは気付いた。

「傷があるね」

台座の細かい部分についた泥汚れとは違う、緑色の石の真ん中に一直線についた深い傷。明らかに人の手によるものだ。

誰がしたのかは聞かなくてもわかった。メイドもわかっているのだろう。だからこそ先程より暗い顔で、それでも黙って耐えているのだ。

「貸してよ」

優しい声で言うと、ロイドは両手で指輪を包み込み呪文をとなえた。限界はもちろんあるが無機物なら直せる。

メイドが目をしばたかせて、ロイドの手元を凝視している。

やがてロイドが両手を開くと、石についた傷はきれいになくなり、台座の汚れも消えていた。

指輪は元通りになった。メイドが婚約者から受け取った時と同様、ピカピカのきれいな指輪に。

「あ、ありがとうございます、本当に……!」

震える手で指にはめ、光に透かしてみせたメイドが、ロイドを振り向き幸せそうに笑った。

一目で安物だとわかる指輪だけれど、こんな顔で付けてもらえたら、きっとそれはどんな高価な石より輝いているだろう。

「――話はわかりました。ですがロイド様、まさか、そのリズという娘に実際に会ってみよう、なんて考えていませんよね？」

客間にて、うさんくさいと言わんばかりの顔で聞いてくるアレフを気にせず、ロイドはベッドの下へともぐっていた。二つ並んで置かれたベッドの、向かって右側のベッドの下へ、首からはずした鍵をそっと置く。

（これで良し、と）

「無駄ですよ。だってアルビノでしょう？　魔力を持っている訳がありません。その指輪は偶然見つけたか、エミリア嬢が指輪を捨てさせた使用人か誰かから聞き出したとか、そんなところですよ」

「でも今までにも、人の探し物を見つけたらしいよ」

「村人たちが、そんな気がしているだけです。だって魔力持ちではないんですから」

当然だろうと、アレフが顔をしかめる。

普通に考えればその通りだろう。でも――。ロイドは大きく息を吐いて、アレフを見つめた。

「おもしろい事ってさ、路上の石みたいにそこらに転がってるんだよ。誰でもすぐに手に取れるのに、しゃがむのが面倒くさかったり、人の目を気にしたりして、なかなかみんな手に取らない。でも実際に手に取ってみたら、予想もしていなかった程にすごい輝きを放つ石だったりする。それを、ちょっと見た目が汚れているとか、他と違う形だからって見逃すのは、もったいないと僕は思うよ」

「……その娘が輝きを放つ石だと？」

「さあ？　それはわからない。でも暇つぶしにはなるよ。だって、おもしろそうだろ？」

途端に冷たい目に戻ったアレフを置いて、ロイドはワクワクしながら客間を出た。

早朝からリズが大きなカゴを持って集会所の方へ出かけて行った事は、調査済みである。カーフェン家の屋敷のある丘が、ちょうどリズの通り道だという事も。

そろそろ太陽が真上にのぼろうとしている。

門の内側で待っていると、しばらくして向こうからリズが歩いてきた。木イチゴがたくさん入った大きなカゴを抱え、満足そうな笑みを浮かべている。

透きとおるような白い肌は人目を引くが、何度も洗濯したのだろう色あせたワンピースといい、古ぼけたカゴといい、受ける印象は貧乏な平民そのものだ。

「ねえ、そこの君。ちょっといいかな？」

リズが振り向き、かすかに目を見張った。ロイドが神殿から来た神官だとわかったのだろう。しかし——。

（何だろう、この顔は）

表情にこそ出さなかったものの、ロイドは内心驚いた。辺境の村人にとって、神殿にいる神官なんて、よほど運が良くないとお目にかかれない。だからカーフェン家にいる者たちからは尊敬と憧れの目で見られた。

それなのにリズは嬉しがるどころか、まるで興味がなさそうだ。それどころか若干、迷惑そうですらある。

（おもしろい）

ちょっと楽しくなってきた。

さっさと立ち去ろうとしているリズを引き留めるべく、少し考えて情に訴えてみる事にした。

「実は、大事な鍵をなくしてしまって困ってるんだ。銀色の小さな鍵なんだけど」

もちろん嘘だ。だがシュンと肩を落として見せると、よほど哀れに思ったのか、リズが渋々とだがうなずいた。

「わかりました。ちょっと待ってください」

愛想は病的にないが、意外に情に厚いようだ。

（お手並み拝見といこうか）

もとよりアルビノにそれ程の力があるなんて到底、期待していないが、暇つぶしくらいにはなるだろう。

リズが木イチゴの入ったカゴを地面に置き、ロイドを警戒しながら自分の背後にそっと隠した。

しかしロイドは頼まれても、そこらに生えていたであろう木イチゴなんていらない。

ゆっくりと深呼吸をしたリズが、目を閉じた。

（……何だ？）


さっきまで風などなかったのに、不意に湿りけを含んだ風が吹いてきた。地面に生えた下草がサワサワと音をたて、リズの白い髪が風に舞い上がる。どこから飛んできたのか、白い小さな花びらが周囲で舞っていた。

そこだけ今いる世界から切り離されたような幻想的な光景に、ロイドは声もなく見入った。

全てが白い。リズの髪も肌も、周りを舞う花びらも。鈍い光を放つ神々しいまでのその白は、現聖女が祈る神殿の室内を彷彿《ほうふつ》とさせた。


ふとリズが目を開けた。赤い両目が力強い光を放っている。

見入っていたロイドは、思わず一歩下がった。

「黄色いひもがついた銀色の鍵ですよね？　カーフェン様のお屋敷の客間、右側のベッドの下にありますよ。そんな気がします」

驚愕した。

鍵を見てもいないのに、ありかを言い当てた。しかも、ひもの事まで。

(まるで神託じゃないか……)

あ然とするしかない。

「本当は魔力持ちなのか……?」

「まさか」

見ればわかるだろう、とでも言いたげに、リズが眉をしかめる。

「どうして、わかるんだ⁉　しかも、ひもの事まで……」

「勘です」

「勘⁉」

何を言ってるんだ、この娘は。

絶句するロイドを尻目に、リズがカゴを抱え「失礼します」と、さっさと立ち去って行く。その後ろ姿を、呆けたように見つめるしかなかった。

(――おもしろい)

やがて、心のやわらかい部分をくすぐるような笑いが、ロイドの体の底から込み上げてきた。

――神殿を出発する前、ロイドが鍵を預かった時、現聖女は何と言っていた?

『この銀の鍵は、少しでも聖なる力を持つ者になら必ず見えます。ですがロイド、付いているひもは、なかなか見えるものではありませんよ』――

（おもしろいじゃないか）

これから、もっと楽しくなる。ロイドは心からの笑みを浮かべて、一歩を踏み出した。

聖女になるので二度目の人生は勝手にさせてもらいます

～王太子は、前世で私を振った恋人でした～

自称平凡な魔法使いのおしごと事情

著：橘《たちばな》 千《ち》秋《あき》　イラスト：えいひ

現代日本から転生した黒髪&標準的な顔の“自称平凡な魔法使い”カナデ。

彼女は王命で魔王討伐パーティーに抜擢される。カナデはブラック企業並みの王宮での職場環境から逃れられると意気揚々と旅立つのだが——。

「あー、転職したい。王宮勤めとかマジでやってられないよ。福利厚生しっかりしろ」

前世では平凡な人生だったが、異世界転生して魔法学園に史上最年少入学したり、魔王を倒したり、左遷されたり、国王から特別扱いされたりとカナデの人生は波乱万丈。

強力な魔法を使えるがスイーツが大好物。そんなカナデの異世界お仕事ファンタジー！

聖女になるので二度目の人生は勝手にさせてもらいます

～王太子は、前世で私を振った恋人でした～

＊本作は「小説家になろう」（https://syosetu.com/）に掲載されていた作品を、大幅に加筆修正したものとなります。
＊この作品はフィクションです。実在の人物・団体・事件・地名・名称等とは一切関係ありません。

2018年6月20日　第一刷発行

著者 …………………………………………… 新山サホ

イラスト ………………………………………………… 羽公
発行者 …………………………………………… 辻 政英
発行所 ……………………… 株式会社フロンティアワークス
〒170-0013　東京都豊島区東池袋3-22-17
東池袋セントラルプレイス5F
営業　TEL 03-5957-1030　FAX 03-5957-1533
アリアンローズ編集部公式サイト　http://arianrose.jp
編集 …………………………………………… 河口紘美
装丁デザイン ………………………………… ウエダデザイン室
印刷所 ……………………………… シナノ書籍印刷株式会社